S.O.S. RAPIMENTO

UN DETECTIVE CON LE VIBRISSE
LIBRO 5

MOLLY FITZ

Editor: Megan Harris
Traduttrice: Barbara Parutto
Revisori: Annalisa Guerrini-Körner
Copertina: Lou Harper, Cover Affairs

PO Box 873543
Wasilla, AK 99687

TRAMA

Cosa c'è di peggio che avere un gatto parlante irriverente e umorale come migliore amico?

Che suddetto gatto sparisca senza lasciare traccia...

Gattavius è scomparso e tutte le prove fanno pensare che sia stato portato via di proposito. Considerando quanta gente abbiamo già fatto finire dietro le sbarre, non c'è da sorprendersi che qualcuno possa essere in cerca di vendetta.

Come farò a risolvere questo caso senza il suo aiuto?

L'unica altra persona che potrebbe darmi una mano si è appena trasferita in Georgia. Ma sono così disperata da essere disposta a tutto, incluso rivelare il mio segreto all'intera Blueberry Bay. Farei qualsiasi cosa per riportarlo a casa sano e salvo.

Oh, Gattavius, dove sei finito?

NOTA DELL'AUTORE

Ciao e grazie per aver scelto questo libro! Anche a te piacciono i cozy mystery con una buona dose di umorismo? Allora saremo ottimi amici!

Cosa ne dici, intanto, di tenerci in contatto sulla mia pagina Facebook? L'ho creata appositamente per i miei fantastici lettori italiani. Vieni a trovarmi su www.facebook.com/raccontimiciosi

Insieme ci divertiremo tantissimo. Gira pagina... e inizia l'avventura!

Ti aspetto nel magico mondo dei gatti.

MOLLY

1

Mi chiamo Angie Russo e ho un gatto.

Di recente, questa è la cosa più importante fra quelle che mi riguardano.

Non il fatto di lavorare come assistente legale e investigatrice privata part-time. Né il fatto che io viva in un'immensa tenuta nell'East Coast, o che la mia eccentrica nonnina sia una delle mie migliori amiche. E nemmeno l'aver collezionato ben sette diplomi universitari, a causa della mia indecisione cronica sulla strada da intraprendere nella vita.

No.

La cosa più importante da dire di me è certamente che ho un gatto.

Ma badate bene, non si tratta affatto di un felino come tutti gli altri.

Parla. *In continuazione.* Praticamente non sta mai zitto.

E se pensate che i vostri gatti che si limitano a miagolare siano esigenti, immaginate come deve essere la mia vita.

Mangia solo cibo di una certa marca e di un certo gusto, e solo se glielo servo in un piatto di porcellana Lenox a precisissimi orari della giornata. Inoltre, beve solo Evian. In passato ho provato a imbrogliarlo per risparmiare su questa assurda pretesa, ma – non vi sto prendendo in giro – si accorge della differenza. Solo il cielo sa quanto me l'abbia fatta pagare cara quella volta.

In tutta onestà, posso permettermi di non badare a spese. Sapete, il mio gatto ha anche un fondo fiduciario. Mooolto cospicuo. La sua proprietaria precedente è stata assassinata ed è stato per pura fortuna che ci siamo incontrati. Beh, sempre che si possa definire 'fortuna' rischiare la vita per mano di una macchina da caffè guasta.

Io però la ritengo una fortuna.

Amo la mia vita e non cambierei nulla. Sto perfino pensando di lasciare l'impiego di assistente legale per lavorare a tempo pieno come investigatrice privata. Ovviamente Gattavius sarebbe mio socio in questa impresa. Ha visto così tanti episodi di *Law & Order* che praticamente ha una laurea *ad honorem* in diritto penale, e non ci pensa due volte a sfoderare gli artigli quando ci troviamo nei pasticci.

A parte i rari episodi di aggressività gratuita e la teledipendenza grave, ha molte capacità che lo rendono indispensabile come collaboratore. *In primis* il fatto che riusciamo a comunicare. Ovviamente nessuno ha neanche il minimo sospetto che il felino dall'aria curiosa dall'altro lato della strada stia origliando la conversazione.

Se aggiungiamo al mix la nonna, con la sua esperienza come star di Broadway e la sua capacità di inventare personaggi vivaci e portarli in vita in modo impeccabile, il gioco è fatto.

Roditi pure il fegato, Scooby Doo!

Se vi state chiedendo chi sono (a parte una ragazza con un gatto) ve lo dico chiaro e tondo: sono la *Velma* del gruppo. Mi piace fare ricerche, imparare, cercare di comprendere ogni enigma che mi si para davanti.

Ho una memoria quasi fotografica e un grande talento per le tecniche di apprendimento, anche se negli ultimi tempi il mio cervello è stato un po' meno affidabile di quanto vorrei.

Di solito ricordo tutto senza problemi, ma da quando quel Peter Peters ha iniziato a lavorare per lo studio legale, la mia mente si è fatta un po' confusa. L'ho detestato all'istante e sono piuttosto certa che abbia qualcosa a che fare con la cortina di nebbia che sembra essere calata nella mia testa... Ma non ricordo perché.

Per mia fortuna, a breve si trasferirà in un altro stato. Purtroppo, porterà via con sé sua cugina Bethany, ex socia senior dello studio legale. Siamo diventate buone amiche e sentirò la sua mancanza, ma capisco che voglia stare vicino alla sua famiglia, anche se il parente in questione è la persona più inquietante che abbia mai conosciuto.

Se devo essere sincera, penso che il momento di lasciare l'ufficio legale sia giunto anche per me. Beh, non appena avrò il coraggio di deludere il ragazzo per cui ho una cotta segreta, dando le famose due settimane di preavviso. Sono stata attratta da Charles Longfellow III, attualmente unico socio senior, fin da quando si è trasferito qui dalla California e ha iniziato a scalare la gerarchia dell'ufficio. Ha solo qualche anno più di me, ma è un avvocato prodigio, nonché una persona che ha avuto qualche colpo di fortuna, proprio come me, quindi non giudicatemi.

Probabilmente avrei trovato il coraggio di dichiararmi, se non fosse che ha già la ragazza. Detesto quella tipa, e non soltanto perché è un ostacolo tra me e quello che penso potrebbe essere il vero amore, ma anche perché è meschina e acida, e non mi ha mai mostrato neanche un briciolo di gentilezza fin dal nostro primo incontro.

Se non altro, non è un'assassina, nonostante mesi fa fosse fra i miei sospettati per un caso di doppio omicidio. Ma lo abbiamo risolto, scagionando sia lei che suo fratello. Insieme, io e Charles abbiamo risolto anche l'omicidio di una senatrice che abitava nella tenuta accanto alla mia.

Anche se mi sento ormai pronta ad avviare un'attività tutta mia come investigatrice privata, preferirei di gran lunga dare la caccia ai colletti bianchi, piuttosto che a maniaci assassini come quelli che ho dovuto fronteggiare finora. Perché si sa, gli assassini sono pericolosi con la P maiuscola, ed è ragionevole pensare che prima o poi uno di essi decida di vendicarsi della tizia pazza con gatto al seguito che l'ha fatto arrestare.

Spero solo di essere pronta quando il karma deciderà di restituirmi il favore...

* * *

Quando tornai a casa dal lavoro in quel pomeriggio assolato ci mancò poco che andassi a sbattere contro la nonna.

«Guarda che cosa ho realizzato per te oggi al corso di arte!» strillò lei, del tutto incurante del fatto che avevo rischiato di farla finire dritta contro le antiche vetrate colorate che fiancheggiavano la porta d'ingresso della tenuta in cui vivevamo.

Feci un passo indietro e osservai la ragguardevole targa di metallo che teneva fra le mani.

«La detective che parla con gli animali, Investigatrice privata» lessi ad alta voce. Poi afferrai la targa per guardarla meglio e quasi la lasciai cadere non appena la nonna mollò la presa: «Caspita, quanto pesa!»

La nonna scosse il capo con un verso di disapprovazione: «Non è mica fatta di carta, mia cara.»

«Cosa fate a questo corso di arte?» dissi, notando il modo in cui gli scarti di metallo erano stati combinati per creare qualcosa di nuovo e davvero bello.

«Oh, facciamo un po' di tutto: scultura, saldatura, paesaggi, nature morte e nudi.» Mi fece l'occhiolino su quell'ultima parola; non avevo il minimo dubbio che fossero proprio i nudi la ragione principale per cui aveva iniziato a seguire il corso.

«Sembra divertente» dissi con una risata. La

nonna era sempre alla ricerca di qualcosa di nuovo ed emozionante per passare il tempo, e pareva che questo includesse rivelare il mio segreto più intimo a tutta Blueberry Bay.

Mi vide osservare la targa con espressione ansiosa e si affrettò a spiegare: «È per la tua attività, tesoro. Essendo la tua assistente, ho pensato di rendermi utile.»

«Ma non abbiamo ancora aperto ufficialmente» ribattei. Volevo bene alla nonna ed ero felice che volesse darmi una mano, ma tutta quella pressione non mi rendeva affatto facile affrontare il passaggio a una nuova vita lavorativa.

«Già. Dovresti proprio deciderti a cominciare!» mi disse lei, sollevando un sopracciglio.

Gemetti, anche se aveva perfettamente ragione: «Ok, ma non voglio che la gente sappia che parlo con gli animali, ricordi?» Questa era l'altra stranezza capitata nelle ultime due settimane.

Avevo la memoria annebbiata, ma la mia mente sembrava ancora più aperta. Ancora non sapevo perché riuscissi a comunicare con Gattavius, ma ora riuscivo a capire altri animali, oltre a lui.

Prima gli uccelli sul tetto, poi uno scoiattolo curioso in giardino. Ero perfino riuscita a capire le parole di un grosso cervo che avevo colto di sorpresa nel bosco che circonda la tenuta. La mia capacità di comprendere altri animali era ancora piuttosto incerta e costituiva una nuova complicazione nella mia già folle vita.

Ero sempre riuscita a comunicare solo ed esclusivamente con Gattavius, e non sapevo ancora come mi facesse sentire l'idea di essere diventata il nuovo Dottor Dolittle a pieno titolo. Se fra gli animali si fosse sparsa la voce che riuscivo a capire le loro necessità, avrebbero iniziato ad arrivare a frotte per espormi i loro problemi legali?

La cosa era al di fuori della mia portata, considerando che ero solo un'assistente legale, neanche granché appassionata di legge, al di là del fatto di aver scelto di dedicarvi la maggior parte del mio tempo.

«Dov'è Gattavius?» chiesi, piegando il collo per lanciare un'occhiata all'imponente scalinata, ma senza riuscire a scorgerlo. Di solito, a quell'ora, gli piaceva starsene lì in cima, perché dai lucernari si riversava la luce del sole, creando un angolino bello calduccio.

«È qui da qualche parte, ne sono sicura» rispose distrattamente la nonna, riprendendosi la targa e osservandola con un gran sorriso soddisfatto.

«Quand'è che l'hai visto l'ultima volta?» chiesi, cercandolo negli altri suoi posticini preferiti in cui aveva l'abitudine di schiacciare un pisolino. Forse il sole non aveva scaldato come al solito quel giorno. Magari le nuvole lo avevano coperto, interferendo con la routine del mio gatto. Sapevo bene che non vi avrebbe apportato cambiamenti di sua spontanea volontà.

Qualcosa non andava per il verso giusto, e prima avessi scoperto di che si trattava, prima mi sarei sentita meglio e pronta ad affrontare il resto della giornata.

La nonna mi raggiunse e mi diede una strizzatina d'incoraggiamento alla spalla: «Abbiamo guardato insieme un episodio di *Law & Order: Criminal intent* durante la pausa tè di metà mattina. Sarà stato un paio d'ore fa. Sono sicura che sta bene, tesoro.»

Ma io non lo ero. Proprio per niente.

Lo avevo già smarrito un paio di settimane prima, quando era finito a Caraway Island come per magia. Ancora non avevo idea di come fosse arrivato fin là, o del perché non ricordassi di essere andata a prenderlo insieme alla nonna. Tutto quello che sapevo era che dovevo trovare il mio gatto, e dovevo farlo subito.

«Mi aiuteresti a cercarlo?» chiesi alla nonna.

Lei annuì e ripose la targa metallica nell'armadio; poi, insieme, setacciammo la casa e il cortile.

«È strano» disse la nonna, grattandosi la testa.

«Magari è solo andato a fare due passi e ha perso la cognizione del tempo.»

Ma anche in questo caso, non era così che si comportava Gattavius: se solo mi azzardavo a dormire un minutino in più mi beccavo una ramanzina su quanto fosse deluso da me. Usciva spesso dalla gatta-iola per fare due passi, come aveva detto la nonna, ma non si allontanava mai molto.

Almeno, non fino a oggi.

Una chiazza bianca comparve in fondo al vialetto; era il furgoncino della posta che si avvicinava sempre più.

«Bella giornata, vero?» disse allegramente Julie, la postina, rovistando nella borsa. «Meno roba del solito, oggi» disse poi, porgendomi una pila di lettere tenute insieme da un elastico.

«Grazie, Julie!» gridai mentre già si allontanava, mordendomi il labbro mentre davo una rapida occhiata a bollette, volantini pubblicitari e altra roba inutile.

Finché non vidi una strana busta senza mittente, indirizzata a *Octavius Fulton*.

Sì, il mio gatto.

Deglutii e la aprii senza un solo istante di esitazione...

2

La data riportata nella missiva era di due mesi prima. Non era un buon segno. Proprio per niente.

«Di che si tratta?» chiese la nonna mentre leggevo rapidamente il gergo legale che mi trovavo davanti.

«È...» Trassi un profondo respiro tremante, nel tentativo di non mettermi a urlare o scoppiare in lacrime. «È una domanda di arbitrato.»

Il volto della nonna si fece più vicino; la preoccupazione le creava piccole rughe intorno alla bocca. «Un arbitrato per cosa?» sbuffò, chiaramente indignata.

Deglutii dolorosamente, poi mi costrinsi a concentrarmi sul foglio che avevo davanti e a leggere l'intera lettera dall'inizio alla fine prima di rispondere: «Gli altri beneficiari del testamento di Ethel contestano l'eredità di Gattavius.»

«Oh, cielo» disse la nonna, scuotendo il capo per il disappunto.

«Se lui vuole contestare a sua volta, deve presentarsi in tribunale venerdì. In caso contrario, darà consenso implicito e l'arbitrato proseguirà.» Avevo pronunciato quelle parole, ma non riuscivo a crederci. Perché stava accadendo proprio ora? O meglio, perché doveva accadere? Gli altri eredi non erano stati esclusi dal testamento. Tuttavia, Ethel amava profondamente il suo gatto e voleva accertarsi che trascorresse il resto dei suoi giorni conducendo una vita agiata. Conoscendo Gattavius come lo conoscevo io, capivo perfettamente. Non era propriamente una spesa da poco soddisfare le sue richieste: Sheba, Evian, porcellane raffinate, prodotti Apple e, non dimentichiamo, un'immensa tenuta nell'East Coast.

Ripiegai la lettera e sospirai, premendomi due dita sull'attaccatura del naso nel tentativo di prevenire l'imminente insorgenza dell'emicrania. «Nonna, se questa cosa va avanti, Gattavius potrebbe perdere il fondo fiduciario. Potremmo perdere la casa. E perfino lui.»

Non dovevo piangere. Non avrebbe sistemato le cose. Non avrebbe riportato a casa Gattavius. Dovevo trattenere le lacrime che minacciavano di iniziare a sgorgare, e fronteggiare entrambe le situazioni a mente fredda.

La nonna mi appoggiò una mano sulla schiena e mi ricondusse verso casa: «Beh, allora dovremo *semplicemente* trovarlo entro venerdì» concluse. «Non abbiamo altra scelta.»

Il mio gatto era scomparso solo da poche ore, ma ero già preoccupatissima per lui. Sarebbe stato un colpo devastante per Gattavius se avesse perso l'eredità e io non avessi più potuto permettermi di mantenere il suo stile di vita lussuoso e i suoi gusti costosi. Peggio ancora, era possibile che giacesse ferito da qualche parte, e io non sapevo da dove iniziare a cercarlo.

La nonna mi fece cenno di sedermi sullo scomodissimo divano vittoriano: «Tu aspettami qui, vado a preparare un tè» mi disse con dolcezza. «Ci aiuterà a schiarirci la mente. Ne verremo a capo. Certo che sì.» Si allontanò in tutta fretta, canticchiando fra sé.

Così me ne restai seduta, tutta sola, nel grande soggiorno vuoto. Detestavo quella situazione. Gattavius avrebbe dovuto essere lì a lamentarsi di qualcosa, mettere in discussione le mie scelte di vita o raccontare barzellette insulse che nessuno oltre a lui trovava divertenti.

Mentre mi sforzavo di impedire che la paura mi offuscasse la razionalità, la nonna cantava a gran voce in cucina. Sembrava che avesse già composto una ballata sulla nostra schiacciante vittoria sui rapitori di gatti e sugli arbitrati. Dove trovasse la forza per farlo, per me rimaneva un mistero.

Davvero l'improvvisa scomparsa di Gattavius poteva essere opera di un rapitore? Di certo era una possibilità, considerando quanto era improbabile che si fosse allontanato tanto e così a lungo di sua volontà. Ma chi avrebbe voluto portare via il mio burbero tigrato, e perché?

I riccioli grigi della nonna fecero capolino dalla cucina: «Ehilà, Angie, tesoro?» mi chiamò, agitando un braccio.

Sollevai la testa e mi sforzai di sorridere, ma fu inutile.

«Perché non dai un colpo di telefono al nostro buon amico Charles? Potresti spiegargli l'accaduto e capire se può darci una mano.» Appena terminata la frase, sparì alla vista e riprese a cantare.

Charles. Avrebbe saputo cosa fare? La nonna riteneva di sì, e noi tre, effettivamente, avevamo collaborato con buoni risultati più di una volta. Perlomeno, avrebbe potuto spiegarmi meglio la questione dell'arbitrato e aiutarmi a trovare un modo per uscirne indenne.

Il telefono mi sembrava terribilmente pesante. Fare quella telefonata significava ammettere che qualcosa non andava. Che Gattavius era davvero scomparso. Avrei potuto fingere ancora per qualche piacevole minuto che tutto andasse bene? Sarebbe stato egoista da parte mia? Sciocco?

«Non tirarla per le lunghe, tesoro» mi gridò la nonna dal suo cantuccio accanto ai fornelli; poi riprese a cantare in un'altra lingua. Supposi fosse coreano, data la sua recente passione per il K-pop.

Neanche il respiro più profondo che potessi fare mi avrebbe dato il coraggio di fare quella telefonata, di pronunciare ad alta voce quelle parole spaventose. Ma lo feci ugualmente. Per Gattavius.

«Angie, va tutto bene?» Charles rispose dopo un paio di squilli. Ovviamente era ancora in ufficio. Faceva sempre molto tardi da quando Bethany aveva rassegnato le dimissioni. Con la sua improvvisa partenza per iniziare una nuova vita in Georgia, Charles era rimasto l'unico socio senior dello studio legale, che negli ultimi mesi aveva visto avvicendarsi al vertice un gran numero di avvocati.

Sentire la sua voce così piena di preoccupazione e gentilezza fece di nuovo salire le lacrime che mi ero sforzata di trattenere fino a quel momento: «Charles, è sparito!» piagnucolai. «Gattavius è scomparso, non riusciamo a trovarlo da nessuna parte.»

Charles trasse un profondo respiro, poi disse: «Sono certo che ha trovato un nuovo posticino super comodo in cui fare un riposino e che tornerà a casa appena l'appetito inizierà a farsi sentire.»

La fretta con cui espose quella spiegazione dimostrava che non ci credeva affatto. E nemmeno io. Conoscevamo entrambi Gattavius troppo bene per ritenere che avesse modificato volontariamente la sua routine.

«E poi c'è la questione dell'arbitrato» aggiunsi, sapendo che probabilmente avrei dovuto riaprire la lettera e leggere la dicitura precisa. Ma in quel momento ero di gran lunga troppo stanca e sconvolta per rileggere quella cosa orribile.

«Di che stai parlando?» La voce di Charles era bassa, quasi ostile. «Chi mai avrebbe presentato una domanda di arbitrato nei tuoi confronti?»

«Non è per me» lo corressi con un altro profondo sospiro. «È per Gattavius. Si tratta degli altri beneficiari del testamento di Ethel.»

Charles rimase in silenzio mentre rifletteva sui nuovi sviluppi dei drammi quotidiani di Angie Russo. «Non preoccuparti per questo» disse infine. «Per ora concentrati sul ritrovare Gattavius. Non può essere lontano. D'altra parte, sapevamo che era probabile che il testamento venisse impugnato, nonostante gli sforzi di Richard per evitare che ciò accadesse. Avrai la possibilità di contestare la domanda prima che si proceda con l'arbitrato.»

«Sì, ma dovrò farlo entro venerdì» dissi cupamente.

Fino a quel momento, ero riuscita a evitare di andare in tribunale per questioni personali. L'unico motivo per cui vi avevo messo piede era stato per fare da assistente in loco agli avvocati dell'ufficio legale. Solitamente a Charles.

Puntò i piedi a quelle parole: «Venerdì? Ma è troppo presto!»

«Sì, lo so.» Presi a tracciare con l'indice l'intricato motivo cachemire del divano; la vista mi si fece sfocata, ma mi rifiutavo di cedere alle lacrime. Tirando su col naso, presi a spiegare: «La lettera presenta più timbri postali. Sembra che sia stata spedita al mio vecchio indirizzo e da lì respinta in quanto non consegnabile, finché, alla fine, non hanno trovato l'indirizzo giusto a cui inoltrarla.»

«Ma sanno tutti benissimo dove vivete tu e Gattavius!» protestò lui. Charles era il tipo di persona che mostra sempre chiaramente le sue emozioni, e capivo che era arrabbiato. *Molto arrabbiato.*

Annuii, anche se non poteva vedermi: «Lo so.»

Sospirammo all'unisono, poi mi decisi a porgli la domanda che mi tormentava fin dal momento in cui quella dannata lettera era arrivata: «Credi che l'abbiano spedita all'indirizzo sbagliato di proposito?»

«Certo che sì!» ringhiò lui. Sentii qualcosa sbattere con violenza all'altro capo della linea. «Fa lo stesso. Troveremo Gattavius in tempo zero. Nel frattempo inizierò a stendere una bozza per la contestazione dell'arbitrato, e venerdì ci presenteremo, pronti a rispedire indietro il richiedente a calci nel sedere!»

«Grazie. Riesci sempre a farmi stare meglio.» Charles aveva quell'effetto su di me. Non esitava mai a venire in mio soccorso quando avevo bisogno d'aiuto, e questo era il principale motivo per cui era diventato il mio più caro amico, da quando aveva lasciato la California, dove era nato, per trasferirsi nella bella regione di Blueberry Bay, nello Stato del Maine.

«Vuoi che faccia un salto da te, quando ho finito in ufficio, per aiutarti a cercare Gattavius?» mi chiese dopo una breve pausa. «Posso staccare un po' prima, in fondo quattro occhi vedono meglio di due. O dovrei dire sei, dato che sono certo che tua nonna è già entrata in azione.»

Mi sfuggì una risatina. Ci conosceva troppo bene. «In realtà mi farebbe bene cambiare un po' aria. Lo abbiamo già cercato dappertutto e non c'è da nessuna parte,»

«Vuoi venire a casa mia, allora?» chiese senza la minima esitazione.

«Sì, per favore!» strillai.

Ora che Charles era sul caso, sapevo che sarebbe andato tutto bene. Dovevo crederci, perché l'alternativa mi avrebbe spezzato il cuore.

Se Gattavius fosse stato lì con me, senza dubbio mi avrebbe rimproverata, dicendomi di non piangermi addosso come una sciocca e di fare tutto quel che la situazione richiedeva. Ed era proprio ciò che avrei fatto per riportarlo a casa, e per accertarmi che potesse continuare a vivere nella casa che era sua di diritto e a cui lui apparteneva.

3

Charles mi invitò da lui per le sei e mezzo, per una cenetta veloce e una mega sessione di brainstorming. Quando giunsi a casa sua alle sei e trentatré, la casa era ancora buia e vuota. Presumendo che avesse fatto tardi al lavoro, decisi di entrare utilizzando la chiave di riserva nascosta nel giardino sul retro. Se non altro, era un nascondiglio migliore di quello della nonna, che l'aveva sempre tenuta sotto allo zerbino davanti alla porta. C'era da meravigliarsi che non le fossero mai entrati i ladri in casa in oltre settant'anni di vita.

«Ehilà, c'è nessuno?» chiamai mentre entravo, nel caso in cui stesse facendo la doccia o, per qualsiasi motivo, non mi avesse sentita bussare.

Niente.

Mi strinsi nelle spalle e mi diressi in cucina. Il minimo che potessi fare era apparecchiare la tavola: davo infatti per scontato che sarebbe arrivato con del cibo da asporto. Nessuno dei due era granché bravo ai fornelli, ma per fortuna il recente risveglio del talento culinario della nonna faceva sì che trovassi sempre qualcosa di delizioso nel piatto. Era una benedizione e, al contempo, una maledizione, considerando che, nel poco tempo trascorso da quando aveva scoperto quella passione, avevo preso una taglia di pantaloni.

Marciai per la casa, accendendo alcune luci mentre passavo, sapendo che, per qualche bizzarra ragione, Charles preferiva tenere chiuse le imposte. Mi faceva un'impressione stranissima vedere la casa in cui ero cresciuta, ora arredata nello stile spartano e virile di Charles: era appartenuta alla nonna per anni, poi lei, quando io ero entrata in possesso dell'immensa tenuta in cui risiedevamo ora, aveva deciso di venderla e trasferirsi da me.

La conclusione era stata soddisfacente per tutti noi, considerando che Charles aveva bisogno di una sistemazione un po' più stabile rispetto ai Cliffside Apartments in cui abitava prima. Inoltre, Cliffside era il quartiere di Glendale con il tasso di criminalità più elevato – o perlomeno, col più alto numero di criminali arrestati. In base alla mia recente esperienza, più soldi aveva la gente, più era propensa a uccidere per tenerseli.

Ci sono persone che non sono mai soddisfatte, e avevo giurato a me stessa di non diventare mai come loro.

Sentendomi finalmente un po' più a casa, presi un paio di piatti dalla credenza accanto ai fornelli, poi mi voltai per tornare in sala da pranzo e quasi mi venne un colpo per lo spavento alla visione terrificante che mi si parò dinnanzi. «Accidenti!» gridai, rischiando di lasciarmi sfuggire i piatti di mano per lo shock, ma riuscendo a non farli cadere. «Mi avete spaventata!»

A quanto pareva, infatti, non ero più sola. Charles non si era ancora fatto vedere, ma i suoi due Sphynx erano comparsi sulla soglia e mi fissavano con identici occhi scintillanti. Come avevo fatto a dimenticarmi di loro?

«Ciao, Jacques e Jillianne» dissi, rivolgendo loro un sorriso amichevole. Mi auguravo che non si fossero accorti di quanto fossi terrorizzata in realtà. J&J, come li chiamava Charles quando parlava di loro, erano gatti senza pelo, e con la pelle ricoperta da una miriade di rughe. Provate a immaginare che aspetto avrebbe un cervello con quattro zampe, una coda e due occhi lucenti, e capirete come mai la vista di quei due mi avesse spaventata tanto.

Il più grande dei due animali, Jillianne, mi si avvicinò: «Dentro alla cucina vi sono un'assistente legale, un principe e una principessina. Mi sai dire, e non è astruso, chi fra i tre è l'intruso?» disse, consentendomi di sentire per la prima volta con le mie orecchie uno dei famosi indovinelli in rima degli Sphynx. Dopotutto era da pochissimo che riuscivo a parlare con animali di ogni genere, e non solo con Gattavius.

Jillianne frustò l'aria con la coda e strinse gli occhi, vedendo che non avevo risposto subito. «Oh» balbettai, sentendomi tutt'a un tratto come il concorrente al round finale di un quiz a premi che ha appena puntato tutto il suo denaro su una domanda, ma senza la minima idea di quale possa essere la risposta. «Si tratta dell'assistente legale? Perché è Charles che mi ha invitata qui, lo giuro!» dichiarai, mano sollevata e croce sul cuore, nella speranza di rassicurare i felini sospettosi. Il piccolo Jacques inarcò la schiena e soffiò forte.

Indietreggiai, tenendo le mani davanti a me: «Non vi ricordate di me? Mi sono occupata di voi quando...» Forse era meglio non rivangare l'esperienza traumatica che aveva portato alla prematura dipartita della loro proprietaria precedente. «Ho contribuito a risolvere il caso e fare giustizia per la senatrice. Ricordate?»

«Angie?» La voce di Charles mi giunse dall'altra stanza, seguita dal suono di rapidi passi in avvicinamento. «Parli con J&J?» mi chiese quando entrò in cucina. «Pensavo che non fossi in grado di farlo.»

Oh, accidenti!

Incrociai le braccia e gli lanciai un'occhiataccia: «Com'è che sei sempre tu a scoprire *per caso* i miei segreti? Dico sul serio, com'è possibile?»

«Ho la fortuna di arrivare sempre al momento giusto?» rispose, prendendo in braccio Jillianne e dandole un bacetto sulla fronte. E lasciate che ve lo dica: la gatta passò dal minacciarmi a fare beatamente le fusa in meno di un secondo.

Sospirai, rincuorata. Per lo meno, ora ero al sicuro. Non sarei mai più entrata in casa di Charles con la chiave di riserva.

«Quindi...» disse Charles, indugiando a lungo sull'ultima sillaba della parola. I suoi occhi verdi mi fissavano penetranti, e mi ritrovai intrappolata in quello sguardo. «Ora parli con tutti gli animali? Perché avrebbe fatto davvero comodo quando ci siamo occupato del caso Calhoun.»

«Taci» borbottai, cercando di guardare altrove, ma senza riuscirci. Anche quando era irritato con me, l'espressione di Charles era sempre di infinita gentilezza. «Hai vinto comunque. E sì, ora riesco a parlare anche con altri animali. Non ho idea di cosa sia cambiato o del perché, e preferirei mantenere il segreto, per ora.»

«Hai sentito?» disse lui alla gatta nera senza pelo tra le sue braccia, con una vocina buffa e adorabile. «Crede che riveleremo il suo segreto. Proprio così.»

Era strano quanto trovassi eccitante guardare Charles coccolare e vezzeggiare la sua spaventosa gatta. Era evidente che la mia cotta per lui non era mai svanita, a prescindere dal numero incalcolabile di volte in cui lo avevo beccato a sbaciucchiare la sua orrenda fidanzata, Breanne. Ma, indipendentemente dai suoi pessimi gusti in fatto di... beh, molte cose, le donne in particolare... Charles era l'uomo migliore che conoscessi. Senza eccezioni.

Lo dimostrò per l'ennesima volta avvicinandomisi e appoggiandomi una mano sulla spalla con fare rassicurante: «Troveremo Gattavius e rigetteremo l'arbitrato. Andrà tutto bene.»

Il contatto della sua mano mi diede un brivido che cercai di reprimere il più in fretta possibile. Era un mio amico, il mio capo: la situazione non avrebbe potuto essere meno appropriata. Non per me, non in quel momento, perlomeno.

Sospirai, esausta. Era stata un giornata lunga e difficile.

Charles posò a terra Jillianne e mi guardò negli occhi: «Mi credi, vero?»

«Sì» disse senza esitazione. Anche se non sapevo cosa potesse avere in serbo il futuro per noi, sapevo che Charles mi avrebbe aiutata a risolvere ogni problema, ora e sempre. Sapevo anche che, in un modo o nell'altro, sarebbe andato tutto bene. Purtroppo, ciò che non sapevo era quanto ci sarebbe costato arrivare a quel finale.

«Sai qual è la vera pentola d'oro al fondo dell'arcobaleno?» mi chiese Jacques, lo Sphynx maculato più piccolo, dal suo angolino sul pavimento della cucina. A quanto pareva, non era bravo negli indovinelli in rima come Jillianne, motivo per cui, in genere, era lei a parlare per entrambi.

Ciò nonostante, non potei fare a meno di chiedermi quale potesse essere la risposta. Era qualcosa di importante? Avrebbe potuto aiutarmi a ritrovare il mio gatto?

«Sai qual è la vera pentola d'oro al fondo dell'arcobaleno?» chiesi a Charles, strofinandomi una pellicina con il pollice, un fastidioso tic nervoso del quale, ormai, non cercavo nemmeno più di liberarmi.

Lui sbatté le palpebre più volte, poi scoppiò a ridere: «Non saprei. Una ciotola di cereali. Che domanda strana.»

Lanciai un'occhiata a Jacques, ma questo si era già rifugiato da qualche parte, nei meandri della casa. Stava solo scherzando o aveva cercato di dirmi qualcosa di importante?

Forse non lo avrei mai scoperto.

4

«Spero che tu sia dell'umore giusto per una scorpacciata di pollo fritto» disse Charles proprio nell'attimo in cui avevo notato i contenitori da asporto bianchi e rossi impilati al centro del tavolo. «Mi sembrava consolatorio» aggiunse con un sorriso, mentre ci dirigevamo in sala da pranzo.

«Ha un ottimo profumo!» esclamai. Poi mi ricordai di quella volta in cui avevo portato a Gattavius del pollo comprato al fast food. Aveva dichiarato che il puzzo di fritto lo infastidiva a morte e aveva assestato una zampata al contenitore pieno, che era caduto dal tavolo sparpagliando ali, cosce e cosciotti di pollo sul pavimento polveroso, mandando a monte il mio progetto per la cena.

Che tipo! Gli piaceva fare sempre il melo-drammatico.

Charles mi osservava attentamente mentre si riempiva il piatto di purè di patate: «Che ti prende?» chiese in tono gentile.

«Pensavo a lui» ammisi, sentendo di nuovo la morsa dell'ansia e della tristezza. «Credi davvero che stia bene?»

«Angie, guardami» mi ordinò Charles, con un'espressione rigida che non ammetteva repliche. «Quel gatto potrebbe sopravvivere a una catastrofe nucleare, se volesse. Lo sai, è un po' come uno scarafaggio in questo senso. Niente può frapporsi tra lui e ciò che vuole, e ti garantisco che lui vuole tornare a casa da te. E lo farà. Ok?»

«Ok» borbottai. Avrei dovuto offendermi per il fatto che aveva paragonato il mio gatto a uno scarafaggio? Di sicuro, se fosse stato presente, Gattavius non avrebbe gradito quel raffronto. Ma lui non c'era, e io iniziavo a temere che non lo avremmo mai ritrovato, tantomeno in tempo per presentarsi in tribunale.

Charles mi lasciò immersa nei miei pensieri per qualche minuto, ma il suo sguardo non si staccò dal mio volto neanche per un istante. «Dimmi che mi credi» disse infine.

«Sì, sì, ti credo» mi affrettai a rassicurarlo. Per certi versi era così, ma per altri? Era difficile essere fiduciosa, quando non avevo idea di ciò con cui avevamo a che fare. «Ma è dura» aggiunsi, incapace di nascondere il tumulto emotivo che provavo. Era stata in qualche modo colpa mia? In tal caso, non me lo sarei mai perdonata.

«Mangia!» mi ordinò Charles, facendo cenno verso il mio piatto, dove una generosa quantità di saporiti bocconcini giaceva ancora intonsa.

Anche se sapevo che stava solo cercando di aiutarmi, sentii lo stomaco rivoltarsi alla vista del cibo. Con una smorfia mi allontanai dal tavolo con la sedia, cercando di frapporre un po' di distanza fra me e quell'odore che mi dava la nausea.

I miei pensieri tornarono immediatamente a Gattavius: «Credi che, ovunque si trovi, riuscirà a procurarsi Evian e Sheeba? E se stesse morendo di fame o di sete? E se—?»

«Ok, basta così» disse con fermezza Charles, posando la forchetta e spingendo il piatto di lato. «Ti vieto ufficialmente di parlare finché non avrai mangiato qualcosa.»

«Ma—» cercai di ribattere, incerta su come finire la frase. Per fortuna non fu necessario.

«Niente ma!» sbuffò Charles, piegando le braccia di fronte a sé. «Parlerò io mentre tu mangi, ok?»

Rimasi seduta a fissarlo con un sopracciglio alzato, e lui emise un profondo sospiro.

Poi sia la sua espressione che il tono di voce si addolcirono: «Forza. Sto cercando di aiutarti da buon amico.»

Anche se lo stomaco mi si torceva ancora per l'ansia, presi obbediente un'aletta di pollo e sorrisi a Charles prima di prenderne un grosso, succulento morso. Anziché sentirmi peggio come avevo temuto, fui invasa da una sensazione di sollievo. Forse ero davvero affamata, dopotutto.

«Grazie» disse lui, con un rapido cenno del capo nella mia direzione. «Ora, abbiamo due problemi principali da risolvere. Iniziamo dall'arbitrato, perché suppongo che per te sarà più semplice concentrarti sulla cena mentre io blatero di questioni noiose.»

Gli diedi l'ok con il pollice e rimasi in attesa di sentire come avrebbe proseguito.

«Come ho detto prima, per quel giorno dovremmo aver riportato a casa Gattavius, quindi non dovrebbero esserci problemi.» Sollevò una mano prima che potessi anche solo tentare di ribattere.

«*Tuttavia,*» proseguì con enfasi, «giusto per cautela, domani farò un salto in tribunale per richiedere una proroga. Nel frattempo, non dovrebbe volermici molto per preparare la tua argomentazione contro la domanda di arbitrato. Nel testamento Ethel Fulton ha espresso con grande chiarezza il modo in cui voleva che venissero ripartiti i suoi beni, e chi desiderava che ne beneficiasse. E, pur essendo stata molto generosa nei confronti di Gattavius, non ha escluso nessuno dei suoi parenti.»

Fece una pausa per bere una rapida sorsata di acqua del rubinetto dal suo bicchiere. Era buffo constatare che il mio gatto era più esigente, in quanto a tipi di acqua, del socio senior di uno studio legale. «Ora, loro potrebbero argomentare che Gattavius – e, di conseguenza, il pagamento mensile derivante dal suo fondo fiduciario – sarebbe dovuto restare con uno dei membri della famiglia, ma neanche questo sarà un problema. Abbiamo prove in abbondanza che tu sia un'ottima proprietaria, e numerosi testimoni che possono dichiararlo.»

Spinsi anch'io il piatto da parte, avendo già mangiato tutto ciò che il mio stomaco era in grado di trattenere al momento. Per certi versi mi sentivo meglio, ma per altri non era cambiato nulla. E ora mi girava la testa per la gran quantità di nuove informazioni che Charles mi aveva fornito su come intendeva far rigettare l'arbitrato.

«Beh, forse *ero* un'ottima proprietaria» mormorai, abbattuta. «Ma ora il mio gatto o è fuggito o è stato rapito proprio sotto il mio naso.»

Charles mi fece un cenno di rimprovero agitando la forchetta verso di me; un piccolo grumo di purè si librò in volo atterrando al centro del tavolo. Entrambi fissammo per qualche istante il punto in cui era atterrato, senza dire nulla.

«Lo troveremo!» mi promise di nuovo. «E tu sai già come fare, vero?»

Sollevai lo sguardo su di lui con quella che voleva essere un'espressione vacua, mentre nella mia mente turbinavano tutti i luoghi in cui non avevamo ancora cercato e tutto ciò che poteva essere andato storto nel frattempo.

«Ehi, Terra chiama Angie!» gridò lui, agitandomi le mani davanti. «Ora riesci a parlare anche con altri animali. È grandioso!»

«J&J non erano esattamente felici di vedermi» borbottai. Anche se ora riuscivo a parlare con altri animali, non è che avessi fatto molta pratica. Stavo ancora imparando e c'erano un sacco di cose da capire, considerando che ogni specie sembrava avere un proprio carattere e gergo distintivo, nonché norme comunicative diverse. Caspiterina, stavo ancora cercando di comprendere Gattavius più a fondo giorno dopo giorno, e ora c'era un intero mondo di creature di cui non sapevo quasi nulla. Per di più, non c'era nessuno a cui potessi chiedere consiglio in materia.

«Non loro» disse Charles con una risatina sprezzante, riferendosi ai suoi due lunatici felini. «Sono certo che ci siano decine di animali del bosco che frequentano i terreni della tua proprietà. Magari uno di loro ha visto qualcosa.»

«Caspita, hai ragione!» dissi, all'improvviso desiderosa di tornare a casa. Anche se non sapevo con esattezza come avrei dovuto comportarmi con loro, almeno avevo la possibilità di parlarci. A quel punto ero disposta a provarle tutte – e a correre quasi qualsiasi rischio – per trovare il mio amico a quattro zampe.

Charles mi rivolse un sorrisetto: «Ti senti meglio ora?»

Sapevo che non mi sarei sentita meglio finché Gattavius non fosse stato al sicuro fra le mie braccia. Quasi certamente avrebbe fatto di tutto per graffiarmi, considerando quanto progettavo di stringere forte il suo corpicino peloso quando l'avessi trovato. Ma anche il dolore pungente dei graffi sarebbe stato ben accetto, ora come ora. Qualunque cosa andava bene, pur di riavere con me il mio gatto, nella speranza che lui non mi incolpasse della sua improvvisa sparizione.

In realtà, mi sarebbe andato bene anche se mi avesse dato la colpa. Avrei dovuto impegnarmi di più per accertarmi che una cosa del genere non potesse mai più accadere.

«Grazie per avermi tirata su di morale» dissi quando Charles iniziò a sparecchiare.

«Ora stai calma e vedi di non averne bisogno di nuovo, ok?» disse lui con una risatina. «Hai capito?»

Sapevo che stava solo scherzando, ma non potevo promettergli niente. Se per salvare Gattavius avessi dovuto camminare su una fune a trenta metri da terra, non ci avrei pensato su nemmeno un istante.

Avrei fatto qualsiasi cosa per riportare a casa sano e salvo il mio migliore amico...

5

Quando tornai a casa, non c'era traccia della nonna. Anche la sua coupé sportiva rossa mancava all'appello, e questo mi fece pensare che fosse uscita per proseguire le ricerche ad ampio raggio.

Ora che il crepuscolo si avvicinava, gli animali che di solito scorrazzavano nel giardino della tenuta si erano ritirati per la notte. Nel bosco c'erano di sicuro creature notturne, ma non mi sentivo a mio agio ad aggirarmi da sola fra gli alberi al buio. Per quanto la cosa mi facesse soffrire, decisi di andare a letto, in modo da potermi alzare presto la mattina dopo per proseguire con le ricerche.

«Ovunque tu sia» bisbigliai, nella speranza che

Gattavius riuscisse a sentirmi o almeno a sapere che pensavo a lui, «spero che tu stia bene.»

La mattina dopo mi trascinai giù dal letto alle prime luci dell'alba. Gli animali erano già svegli e attivi, e dovevo esserlo anch'io. L'auto della nonna era parcheggiata di fronte a casa, ma lei non si era ancora alzata. Tuttavia, mi aveva lasciato un messaggio lungo e molto dettagliato sul bancone della cucina:

Tesoro mio,

so che sei impaziente di ritrovare il nostro amico scomparso, ma ricordati di mangiare qualcosa! Le focaccine sono nel contenitore di ceramica di fronte al frigo. Ho anche comprato qualche lattina di quel caffè freddo che sa di gesso, nel caso in cui non mi svegli in tempo per prepararartelo.

Per quanto riguarda le ricerche, ecco i luoghi in cui sono stata ieri sera...

Quello che seguiva era un lungo elenco che includeva praticamente ogni posto di Glendale. Non c'era da meravigliarsi che la nonna stesse ancora dormendo: doveva essere rimasta fuori tutta la notte. Ciò nonostante, non era riuscita a trovare 'il nostro amico scomparso'. Sembrava sempre più probabile che ci fosse sotto qualcosa di losco, e questo rendeva ancora più urgente la necessità di trovare il tigrato. Presi una delle focaccine preparate dalla nonna e una lattina di caffè freddo dal frigo, così avrei potuto fare uno spuntino durante la ricerca nel bosco.

O meglio, durante l'*interrogatorio* delle creature del bosco.

Fuori il sole era già sorto e il suo tepore sembrava un tiepido abbraccio. Mi auguravo che gli animali fossero premurosi quanto il clima.

Se fosse stato così, forse sarei riuscita a ottenere qualche risultato.

Una piccola cincia era posata sulla ringhiera del portico, il capo piegato da un lato mentre mi osservava.

Mi bloccai lì dove mi trovavo e sfoderai il mio sorriso migliore: «Ehi, ciao» dissi, con la bocca ancora piena di focaccina.

Il pasciuto uccelletto si fece all'istante più alto e sottile mentre si sollevava sulla punta delle zampe e allungava il collo, allarmato: «Mi ha parlato!» gridò.

Annuii e inghiottii il boccone prima di proseguire: «Mi chiamo Angie e mi chiedevo se potessi aiutarmi con—» La mia voce si spense vedendo la cincia sbattere furiosamente le ali e schizzare via senza nemmeno voltarsi indietro.

Ok. Evidentemente dovevo trovare qualche creatura meno pavida degli uccelli. Sapevo già, dalle poche esperienze precedenti, che quasi tutto li spaventava, spingendoli a volare via. Decisamente non erano granché utili come testimoni.

Scesi dal portico e mi feci strada verso il limitare del bosco che circondava la mia proprietà su tre lati. Una volta raggiuntolo, rimasi immobile ad ascoltare il coro mattutino che si levava da ogni direzione. La maggior parte dei suoni era prodotta dagli uccellini che cantavano sugli alberi, ma avevo già deciso che mi sarei rivolta a loro solo in caso di assoluta necessità.

Udii uno squittio proveniente dall'alto, dove uno scoiattolo iperattivo saltava da un ramo all'altro intonando una vivace canzoncina sui suoi tipi di noci preferiti.

«Oh, che bella giornata per rosicchiare una ghianda» trillò, poi proseguì con un motivetto a labbra chiuse prima di riprendere a cantare: «Ehi, è sempre il momento giusto per papparsi un noce!»

«Ehi!» gridai in direzione del roditore. Non ne sapevo granché sugli scoiattoli, ma sembravano tutt'altro che timidi. Forse avrei potuto sfruttare la cosa a mio vantaggio.

L'animale smise immediatamente di cantare, muoversi e fare qualsiasi altra cosa mentre mi fissava con i suoi occhietti neri e scintillanti. «Ho sentito che ti piacciono le noci» dissi, formulando un piano lì per lì. «Ma che mi dici del burro d'arachidi?»

L'animaletto fiutò l'aria con movimenti esagerati; sembrava quasi che il naso stesse per schizzargli via dal muso. Un istante dopo iniziò a correre a zigzag lungo il tronco fermandosi alla base dell'albero: «T-t-tu hai del burro d'arachidi?»

«Dipende.» Incrociai le braccia sul petto cercando di sembrare innocua e poco interessata.

Per fortuna lo scoiattolo non era granché aggiornato sui metodi di corruzione utilizzati dagli umani; infatti, la mia esitazione nel rispondere non fece che aumentare la sua brama. «Tu *hai* del burro d'arachidi, eccome! Vero?» Percorse circa metà della distanza che ci separava e riprese a fiutare l'aria.

«Mi chiamo Angie e vivo in quella casa laggiù» gli dissi, indicando con il pollice alle mie spalle, in direzione della tenuta.

Il roditore annuì con enfasi: «Io sono Maple. Vivo

poco lontano da qui, tre alberi più indietro e cinque a destra.» Annuiva con tanta forza che la voce gli uscì più acuta, ma anche meno frettolosa. Diversa. Fu allora che mi resi conto che quasi sicuramente Maple era una femmina.

Non sapevo se porle quella domanda sarebbe risultato scortese, così feci del mio meglio per evitare connotazioni di genere nel proseguire la conversazione. «Sto cercando un mio amico» spiegai. «Se mi aiuterai, potrai avere un intero barattolo di burro d'arachidi.»

Maple spalancò gli occhi e mi si avvicinò, appoggiando le zampine pelose sulla punta della mia scarpa: «Davvero? Un barattolo intero?» chiese in tono quasi riverente, incapace di staccarmi gli occhi di dosso anche solo per un istante.

«Proprio così» confermai con un sorriso sincero. «Ma prima devi aiutarmi a capire dove può essere finito il mio amico.»

«Intendi l'altro umano? O il gatto?» Maple sollevò una zampina e si grattò la testa. «Non mi pare che ci sia qualcun altro nella tua tana, no?»

«Il gatto» dissi, annuendo. «E come mai conosci così bene la mia... ehm... tana?» Incespicai su quella parola insolita, supponendo che fosse così che gli scoiattoli definivano la casa e il nucleo familiare.

«A volte mi diverto a osservarvi dal mio albero» rispose Maple con sfrontatezza. «A volte mi arrampico fino in cima per vedere meglio. Siete un buffo terzetto, voi tre.»

Non sapevo se fosse un insulto o uno strano complimento, così mi limitai a rispondere: «Ehm, grazie?» Il fatto che Maple avesse l'abitudine di spiarci era un po' inquietante, ma cercai di ignorarlo, soprattutto se si fosse rivelato utile per ottenere informazioni che ci avessero consentito di ritrovare Gattavius.

«Ma prego!» disse lo scoiattolo, fiutando nuovamente l'aria. «Allora, questo burro d'arachidi?»

«Prima il gatto, poi il burro d'arachidi» le ricordai.

«Oh, mi viene così tanta fame solo a pensare a quel delizioso burro d'arachidi che si scioglie in bocca... Ma prometto che farò del mio meglio per aiutarti!»

Era evidente che non sarebbe stato facile far restare concentrata sull'obiettivo la mia nuova amica, così decisi di fare alla svelta e andare dritta al punto. Per prima cosa dovevo darle qualche informazione in più sulla situazione.

«Gattavius è sparito ieri, in tarda mattinata o nel primo pomeriggio» spiegai. «Lo abbiamo cercato ovunque, ma non siamo riuscite a trovarlo. Ci chiediamo se qualcuno possa averlo rapito. Hai notato qualcosa di strano verso quell'ora?»

«Qualcosa di strano? Mmm.» Maple si prese la coda fra le zampette e iniziò a spazzolarla passandoci le dita in mezzo. Il suo sguardo si spostava rapido da una parte all'altra mentre rifletteva: «C'era il grande cervo, sai quello con tutti quegli spuntoni sul palco? Si aggirava sul limitare del bosco, e ho pensato che fosse strano perché di solito preferisce starsene nascosto. E la mia amica Willow ha detto che ha visto l'umano anziano fare un sonnellino al sole.»

«La nonna?» Non era proprio da lei, sempre così attiva e vivace, ma chi altri avrebbe mai potuto essere?

«Suppongo di sì.» Maple allargò le zampette come se volesse scrollare le spalle. «Non biasimarlo, è così piacevole schiacciare un pisolino al sole! L'unica cosa migliore sono le noci, ma soprattutto il burro d'arachidi. Hai ancora intenzione di darmelo?»

«La nonna è una femmina» dissi con una risatina. «Ma non preoccuparti, so che può essere difficile distinguere il genere degli umani. E sì, ho il barattolo di burro d'arachidi che ti ho promesso. Ma potresti aiutarmi con una questione della massima importanza, Maple?»

La scoiattola girò lentamente su se stessa, scrutando il bosco intorno a noi. Provai a guardare anch'io, ma non vidi né sentii altri animali nelle vicinanze.

Maple si voltò verso di me a bocca socchiusa: «Non è quello che ho già fatto?»

Dovevo allettarla ancora con il burro d'arachidi, o mi sarei persa l'occasione di ottenere altre informazioni utili dal mio primo informatore a quattro zampe: «Sì, ed è per questo che ti darò un primo barattolo di burro d'arachidi. Poi te ne darò un altro se chiederai agli altri animali del bosco e riuscirai a scoprire qualcosa di utile – qualsiasi cosa – su quel che può essere successo al mio gatto.»

Maple mi rivolse il saluto militare, poi corse via nel bosco, strillando. Non avevo idea di dove avesse imparato quel gesto o se mettersi a urlare a squarciagola si sarebbe rivelato utile, ma se non altro potevo mantenere la promessa fatta.

Ora sapevo che c'erano alcuni animali che sorvegliavano attentamente la mia casa e i suoi abitanti. Forse uno di loro aveva visto cos'era accaduto il giorno prima?

Tornai a casa e frugai nella dispensa in cerca di un vasetto di burro d'arachidi, nella speranza che, al mio ritorno, Maple avesse nuove informazioni.

Ogni istante che passava senza che il mio gatto

tornasse a casa sano e salvo era un'agonia, e non ero affatto sicura di poter sopportare di trascorrere un'altra notte senza sapere se stava bene.

Oh, Gattavius, dove sei finito?

6

Anche se ero stata via per meno di mezz'ora, quando tornai a casa trovai la nonna già sveglia e perfettamente truccata. Indossava un prendisole blu bordato di pizzo che le arrivava alle ginocchia, abbinato a un paio di leggings fucsia e a un paio d'orecchini con vistosi pendenti.

«Ehi, buongiorno. Come mai se così in tiro?» chiesi, osservandola con sospetto mentre mi chiudevo la porta alle spalle.

«In tiro?» chiese lei, lievemente accigliata, grattandosi la nuca. «Sei sicura? Temevo di sembrare una vecchia bacucca.»

Spalancai gli occhi e scossi il capo. Niente di ciò che aveva scelto la invecchiava minimamente, ma era meglio non mettersi a discutere con lei quando si trattava di moda. Avevamo entrambe un certo talento in materia, ma preferivamo stili molto diversi fra loro.

«Il pizzo, tesoro» mi spiegò la nonna. «Non ti sembra un po' all'antica?»

«Trovo che tu stia benissimo» le dissi con un sorriso e una scrollata di spalle mentre mi sedevo accanto a lei. «Ma ancora non mi hai detto il motivo di tanta eleganza.»

«Ah, sì. Quel giovanotto affascinante, Brock, ha chiamato dicendo che sarebbe passato a fare qualche lavoretto.» La nonna si strinse nelle spalle e fece un risolino – non sto scherzando.

Era strano, perfino per lei.

Soprattutto di prima mattina.

«Preferisce farsi chiamare Cal, ora» puntualizzai. «L'abbreviazione di Calhoun.»

La nonna osservò il proprio riflesso nell'antico specchio appeso accanto alla porta: «Ah, è così.»

«Ma niente di tutto questo spiega come mai hai sentito la necessità di vestirti in modo così...» Mi fermai appena in tempo prima di dire *provocante*, e sussultai. «Nonna, non ti sarai mica presa un'altra cotta?»

Lei agitò la mano e alzò gli occhi al cielo, ma il colorito che le era salito alle guance era inequivocabile: «Oh, ma è ridicolo. Non credo proprio che si possa definire cotta se non si ha nessuna intenzione di farsi avanti. Inoltre, ho già deciso che lui è destinato a te.»

«A me?» strillai. «Non puoi dire sul serio!»

«Siete entrambi single. Andate d'accordo. Non vedo quale sia il problema...» Un sorrisetto malvagio le si dipinse sul volto. «O provi forse qualcosa per un altro ragazzo?»

Certo, non si poteva negare che Cal fosse un tipo attraente, nonché una persona con cui mi trovavo a mio agio. Ma pensare di uscire con qualcuno in un momento simile? Non se ne parlava neanche! Non finché Gattavius non fosse tornato a casa sano e salvo!

Mugugnai e mi scrocchiai il collo su entrambi i lati: «Non siamo nell'Ottocento, e neanche nel profondo Sud degli Stati Uniti. Viviamo nel Maine, nel ventunesimo secolo, nonna. Mi troverò un ragazzo da sola quando sarò pronta. Ora sarei *un tantino* impegnata a cercare il mio gatto scomparso, grazie tante!»

La nonna non fu minimamente turbata dalle mie proteste: «Non è comunque un buon motivo per non cogliere un'ottima opportunità, se capita che si presenti» disse. «Inoltre, dici che sei in grado di trovarti un fidanzato da sola, ma ancora non l'hai fatto. Lascia che la tua povera, anziana nonnina ti aiuti. E comunque, è questo che pensi di indossare oggi?»

«Basta così!» gridai, alzando le mani al cielo e superandola a passo di marcia. «Me ne vado fuori ad aspettare Cal. Tu non farti vedere e datti da fare per continuare a cercare Gattavius.» Anche se sapevo di comportarmi in modo un po' troppo melodrammatico, mi chiusi la porta alle spalle sbattendola con violenza e andai praticamente a sbattere contro l'affascinante tuttofare che stava per bussare.

«Oh, scusa» mormorai, cercando di muovermi con cautela per evitare di perdere l'equilibrio o sfiorarlo in modo sconveniente. Ora, per colpa della nonna, ero ancora più consapevole del suo bell'aspetto.

Cal sollevò un sopracciglio con espressione empatica: «Va tutto bene?»

«Benissimo» dissi sollevando i pollici e facendogli l'occhiolino per rassicurarlo. *Argh.* Perché finivo sempre per fare cose imbarazzanti?

Cal si massaggiò la nuca con la mano e abbassò lo sguardo sul portico: «Tua nonna mi ha telefonato poco fa, dicendo che ti serviva una mano per installare la targa per la tua nuova attività.» Sollevò lo sguardo e i suoi occhi scuri si incatenarono ai miei: «Non sapevo che stessi avviando un'attività. Se ti servono consigli o altro, sarò lieto di aiutarti in ogni modo possibile.»

La nonna aveva detto che era stato Cal a chiamare, ma poiché lui non avrebbe avuto nessun motivo di mentire, era il caso di chiedersi come mai lei mi avesse detto una bugia di proposito. A che gioco stava giocando, e perché proprio ora?

«Grazie, Cal. È...» Mi interruppi e mi schiarii la gola, perché mi sembrava che mi mancasse il respiro. «È molto carino da parte tua. Mi rivolgerò sicuramente a te se avrò bisogno di aiuto.»

Lui si dondolava avanti e indietro sulle punte dei piedi. Infine, lanciò un'occhiata imbarazzata verso la porta prima di chiedere: «Allora, ehm, dov'è questa targa?»

«Oh, dammi solo un secondo. Vado a prenderla, torno subito.» Mi fiondai in casa, accertandomi di chiudere la porta in modo che lui non cercasse di seguirmi. L'ultima cosa di cui avevo bisogno era che la nonna rendesse quella situazione ancora più imbarazzante di quanto già non fosse. Me la cavavo già benissimo da sola, grazie tante. Presi la targa, tornai sotto il portico e la porsi a Cal.

«Ecco qui.» Rimasi a fissare la porta, pregando

che la nonna non avesse intenzione di balzare fuori da un momento all'altro.

«Quindi stai aprendo... che cosa, esattamente?»

«Un'agenzia investigativa privata.» Mi morsi il labbro mentre lui fissava la targa, accigliato.

«E sei la detective che parla con gli animali?» Alzò lo sguardo, che si fissò di nuovo nel mio.

Feci un passo indietro e mi sforzai di ridere: «È solo un nomignolo carino venuto in mente a mia nonna e a mia madre.»

«Quindi non parli davvero con gli animali?» chiese, inarcando un sopracciglio. La sua espressione non sembrava critica, solo curiosa. In ogni caso, avrei preferito trovare un altro nome per la mia nuova attività.

Scossi il capo con tanto vigore da rischiare un colpo di frusta: «Ah, ah, no! Non dire sciocchezze!»

«Peccato» disse Cal, dopo aver schioccato la lingua. «Penso che sarebbe interessante scoprire cosa hanno da dire.»

«Già» dissi con una risata. «Sono sicura di sì. Soprattutto considerando che ieri il mio gatto è scomparso e sono preoccupata da morire.»

«Octavius, giusto?» chiese Cal. «Mi ricordo di lui. Ti serve aiuto per cercarlo? Mi ci vorranno pochi minuti per appendere la targa, e per il resto ho la giornata libera.»

Trassi un profondo respiro, finalmente sollevata dalla sua presenza. La nonna stava solo cercando di trovare qualcuno che ci aiutasse nelle ricerche. L'abbigliamento civettuolo e i discorsi sulle cotte erano solo il suo modo di aggiungere un tocco di teatralità, ma non erano il nocciolo della questione. «Grazie Brock – voglio dire, Cal. Sarebbe fantastico, se per te non è un problema.»

Una tenda della finestra si scostò e vidi la nonna fare capolino con un enorme sorriso birichino. Ovviamente le lanciai un'occhiata gelida. Che le intenzioni fossero buone o meno, a volte parlava davvero troppo. Di tanto in tanto dovevo impuntarmi per ricordarle che intromettersi nella mia vita non era un hobby appropriato—né tantomeno apprezzato.

Meno di un minuto dopo, la nonna spalancò la porta d'ingresso e si fece spazio fra noi sotto il portico: «Ho sentito bene? Ci aiuterai a cercare il nostro caro micetto disperso?» chiese, sbattendo le ciglia, così lunghe che mi domandai se fossero finte, o se avesse solo applicato parecchi strati extra di mascara.

«Sì, certo» rispose Cal, fissandola con uno splendido sorriso. Credo di non aver mai conosciuto nessuno che non abbia adorato la nonna a prima vista. Si poteva definire il suo superpotere.

«Oh, magnifico!» strillò lei. «Io e Angie abbiamo bisogno di tutto l'aiuto possibile. Siamo così preoccupate per il nostro piccolino!»

«Lo faccio con piacere, davvero» ci rassicurò Cal. In quello stesso istante, un'altra auto imboccò il vialetto, andandosi a fermare proprio davanti alla tenuta. Charles parcheggiò velocemente e si affrettò a raggiungerci.

«Nonna!» gridò. «Sono venuto appena ho letto il tuo messaggio. Va tutto bene?»

La nonna gli fluttuò incontro per salutarlo, rivolgendomi un sorriso. Dovevo forse pensare che ogni scapolo papabile di Blueberry Bay si sarebbe presentato a casa mia quella mattina? Caspita, speravo proprio di no!

Due pensieri mi attraversarono la mente mentre noi quattro ce ne stavamo lì sotto il portico, imbarazzati.

Il primo era che mi pentivo amaramente di aver insegnato alla nonna a inviare i messaggi di testo.

Il secondo era che l'avrei uccisa.

7

Eccetto la nonna, sembravamo tutti un po' a disagio per quell'incontro improvvisato. Era palese, perché nessuno disse nulla per un tempo piuttosto lungo.

«Va tutto bene?» chiese infine Charles alla nonna per la seconda volta. «Il tuo messaggio mi ha fatto preoccupare!»

«Oh, sto bene, caro» rispose lei sfoderando un sorriso da nonnina innocente. «Sono solo terribilmente preoccupata per Gattavius. Sai com'è. Non è tornato a casa ieri sera, e anche la povera Angie è preoccupata da morire. Ci servirebbero proprio un po' di aiuto e un buon amico in questo brutto momento.»

Beh, almeno quello era vero. Annuii per

mostrarmi d'accordo: «Scusa se ti abbiamo disturbato mentre eri al lavoro» mormorai.

«Non c'è problema» disse Charles appoggiandomi una mano sulla spalla e dandomi una rapida strizzatina. «So che è importante.»

Cal spostò il peso da un piede all'altro e fece un passo indietro: «Ciao, Charles» mormorò.

«Brock!» disse l'avvocato, piazzando l'altra mano sulla sua spalla. «È un piacere rivederti, amico!»

Sembrava esserci un certo imbarazzo fra loro, anche se Charles aveva scagionato Cal da un'accusa di doppio omicidio non molto tempo prima e, da qualche mese, frequentava la sua gemella.

Era la relazione con lei a creare quella tensione fra loro? E in tal caso, questo poteva significare che c'erano problemi in paradiso? Ma, cosa più importante: perché quell'eventualità mi rendeva così dannatamente felice? Dovevo smetterla di sognare a occhi aperti, e tornare a concentrarmi sulle ricerche del mio amico scomparso.

«Purtroppo ho cattive notizie» disse Charles, guardando me, la nonna e poi di nuovo me. «Ho scritto qualche email questa mattina e non è possibile ottenere una proroga per la domanda di arbitrato.»

«Questo cosa significa?» sbottò la nonna, ruotando i polsi con impazienza.

Charles sospirò: «Significa che dobbiamo trovare Gattavius, e in fretta. Si tratta dell'unico modo per contestare e, credetemi, sarà meglio che lo facciate.»

«Aspetta» disse Cal, sollevando una mano con espressione confusa. «È il gatto a doversi presentare in tribunale? Non voi due?»

«Il gatto» lo informò Charles «è il beneficiario; pertanto sì, è necessaria la sua presenza.»

Cal mi prese una mano e mi diede una stretta amichevole, poi disse: «Non preoccuparti, Angie. Sono certo che lo troveremo oggi stesso. E se così non fosse, quanto potrà mai essere difficile trovare un gatto simile da portare in tribunale all'occorrenza?»

Rimasi a bocca aperta, troppo agitata per parlare. Volevo tirare via la mano: non volevo il minimo contatto con chiunque suggerisse una soluzione tanto orribile ai nostri problemi.

Poi Cal scoppiò a ridere: «Scusa, era solo un tentativo di alleggerire l'atmosfera con un po' di humor. Ma direi che la battuta mi è uscita proprio male.»

«Una caduta di stile con tanto di tonfo» gli disse la nonna facendogli l'occhiolino. «Perché non vieni con me, Cal? Possiamo proseguire le ricerche insieme. Charles, a te va bene scortare Angie?»

Decisi di risparmiare fiato anziché cercare di spiegare alla nonna che non avevo bisogno di una scorta, né in quell'occasione, né in nessun'altra. Sarebbe stato bello trascorrere un po' di tempo con Charles e fare squadra con lui, soprattutto perché stavo di nuovo perdendo le speranza a velocità allarmante.

«Possiamo riprendere da dove ci siamo interrotti ieri sera, o fare ciò di cui abbiamo parlato» disse lui, facendomi cenno di seguirlo nel bosco.

Il bosco!

«Dammi solo un secondo!» strillai, sfrecciando in casa e superando di corsa la nonna e Cal, mentre mi precipitavo alla dispensa. Trovai un vasetto ancora sigillato di burro d'arachidi e lo afferrai. Era per la mia informatrice, Maple la scoiattola. Mi accertai di nasconderlo mentre passavo nuovamente davanti a Cal. Preferivo evitare domande imbarazzanti, se possibile.

«Hai un attacco di fame?» mi chiese Charles con un sorrisetto sarcastico quando feci ritorno.

Sentii il rossore salirmi alle guance, poi mi ricordai che lui era a conoscenza del mio segreto, quindi non avevo nessun motivo per sentirmi in imbarazzo: «Diciamo solo che devo un favore a uno scoiattolo» risposi. Poi iniziai a schioccare la lingua per chiamarla man mano che ci inoltravamo fra gli alberi.

«Uno scoiattolo, eh? Ti ha dato qualche informazione utile?» chiese lui, come se si trattasse di un fatto perfettamente normale. Lo apprezzavo per questo.

«È una *lei*, e in effetti no. Ma le ho chiesto di cercare informazioni e stare all'erta, ammesso che riesca a smettere di pensare al burro d'arachidi abbastanza a lungo da prestare attenzione a qualcos'altro.»

Charles ridacchiò: «Forse dovremmo trovare un animale di un'altra specie. Secondo te quali potrebbero rivelarsi dei bravi investigatori?» Sollevò una mano a strofinarsi il mento, facendo una faccia buffa. Si mise perfino a parlare con accento britannico mentre valutava le varie possibilità.

«Che ne dici di un volatile, mia cara? O magari un cervo? Oh, forse un puma!» Perse l'accento fasullo su quell'ultima proposta, ma l'avevo trovato comunque assurdamente affascinante.

«Ah, ah, ah» dissi, nella speranza che il mio cuore la smettesse di martellare forsennatamente contro la cassa toracica.

Charles mi diede un colpetto alla spalla con la sua, facendomi riaccelerare il battito all'istante: «No, sul serio. Che tipo di animale dovremmo cercare?»

«Beh, gli uccelli si rifiutano di parlami. Sono troppo agitati» gli dissi, ancora fortemente consapevole della sua vicinanza, mentre procedevamo uno accanto all'altra. «Non so bene quali altri animali ci siano nel bosco e non ho mai parlato con nessuno di loro, quindi non saprei.»

«Allora cosa stiamo aspettando?» disse lui, porgendomi la mano quando raggiungemmo il limitare del bosco. «Andiamo a scoprirlo.»

Il mio cuore prese a battere ancora più velocemente quando lo presi per mano. Sapevo che era solo un gesto di galanteria, ma era anche vero che provavo dei sentimenti per lui da mesi. Lui però sembrava non averne la più pallida idea: aveva la ragazza e io ero solo il genio delle indagini.

Ma tant'è. Tant'è! Il cuore mi martellava selvaggiamente nel petto mentre scrutavo fra gli alberi e i cespugli in cerca di animali disposti a parlare con noi.

«Inoltriamoci dove il bosco è più fitto» disse Charles, tirandomi con sé.

«Ho sentito dire che ci sono degli orsi nella zona più fitta del bosco.» Un brivido mi corse lungo la schiena quando immaginai di trovarmi faccia a faccia con il predatore più temibile di tutta Blueberry Bay. Per qualche motivo, gli orsi non mi sembravano tipi propensi a parlare dei propri problemi, soprattutto non con un'umana invadente come me.

«Non ho paura degli orsi» canticchiò Charles.

«Nei Boy Scout mi hanno insegnato come comportarmi con loro.»

Non riuscii a trattenere le risate: «Ti sei imbattuto in un sacco di orsi in California, non è così?»

«Centinaia» confermò lui, dandomi una rapida stretta scherzosa alla mano.

Udimmo il rumore di un rametto spezzato a breve distanza ed entrambi ci voltammo a guardare in quella direzione. Una cerva si stagliava davanti a noi, perfettamente immobile, gli occhi fissi nei miei. Riuscivo a percepire la sua paura, il tormento che le infuriava dentro mentre cercava di decidere se restare ferma o scappare.

«Non abbiamo intenzione di farti del male» sussurrai con dolcezza; ma bastò a metterla in fuga, correndo a zigzag fra gli alberi fino a sparire alla vista.

«Non ti farò del male!» le gridai dietro. «Non voglio fare del male a nessuno di voi. Per favore, qualcuno è disposto a parlare con me?»

Udimmo il suono di un altro rametto spezzato nelle vicinanze. Le foglie frusciavano sotto il peso di una creatura che si avvicinava svelta alle nostre spalle.

Charles allargò le braccia e mi fece da scudo con il suo corpo con un movimento così repentino che sembrava non avesse dovuto pensarci affatto.

«Sicuro di non avere paura degli orsi?» gli chiesi nel tentativo di alleggerire l'atmosfera, pur essendo spaventata io stessa. Ero già stata colta di sorpresa nel bosco, quando uno strano tizio mi aveva afferrata coprendomi la bocca per impedirmi di gridare. Ovviamente ero sopravvissuta per raccontarlo, ma non ero certa che saremmo stati altrettanto fortunati se ci fossimo imbattuti davvero in uno dei famigerati orsi di Blueberry Bay.

Non si sentiva volare una mosca.

Io e Charles restammo in attesa, in silenzio.

Infine, una macchia marrone schizzò fuori dalla vegetazione.

«Quello è il mio burro d'arachidi?» squittì Maple, saltando da un albero all'altro in preda all'eccitazione. Ero stupefatta che uno scoiattolino riuscisse a fare un tale baccano.

«Sì, è per te» dissi, accovacciandomi per porgerle il barattolo. «Ma prima voglio sapere cosa hai scoperto.»

Maple si fiondò verso di me, fermandosi a pochi centimetri dalle mie ginocchia: «Su cosa?»

«Oh. Sul gatto scomparso.»

«Il tuo gatto è scomparso? Oh, no!»

Speravo che gli scoiattoli non fossero bravi a comprendere le emozioni umane, perché la mia delusione era palese in quel momento. Davvero Maple si era dimenticata tutto ciò che ci eravamo dette?

«Tieni» dissi con un sospiro, mentre svitavo il coperchietto del barattolo di burro d'arachidi e lo porgevo alla scoiattolina smemorata. «Prendilo. È tuo.»

Io e Charles restammo a guardarla mentre rovesciava il barattolo sul lato e lo faceva rotolare via, emettendo squittii euforici e urla di gioia.

«Andiamo» dissi. «Non credo che qui troveremo ciò che cerchiamo.»

Detestavo ammettere la sconfitta, ma non volevo neppure perdere tempo proprio quando Gattavius aveva più bisogno di me. Che senso aveva spiegare di nuovo la situazione a Maple? L'avrebbe nuovamente dimenticata dopo due secondi.

Forse avrei dovuto provare a cercare il cervo di cui mi aveva parlato. Era un rischio che valeva la pena di correre, se fosse servito a riportare a casa il mio gatto...

8

«**G**ià di ritorno?» chiese la nonna quando io e Charles rientrammo solo un'ora dopo. Anche se si era trattato di una breve sortita, mi era sembrato che ci avessimo impiegato un'eternità. Charles aveva insistito affinché continuassimo a cercare prima di dichiarare l'operazione un fallimento totale. Ma, pur non riuscendo a parlare di persona con gli animali, in breve anche lui si era accorto che non stavamo facendo nessun progresso.

«Già» borbottai, togliendomi le scarpe accanto alla porta. «Non ne abbiamo cavato niente di niente. A voi com'è andata?»

«Ho mandato Cal a casa» disse la nonna con un sospiro drammatico, la rabbia che le guizzava sul volto, di solito sempre disteso e controllato. «Ha perso almeno dieci punti ai miei occhi quando se n'è uscito con quell'assurda idea di trovare un sosia di Gattavius. Inconcepibile!»

Beh, non potevo certo darle torto. Che si fosse trattato di una battuta o meno, le parole di Cal ci avevano ferite entrambe; anche Gattavius si sarebbe infuriato se fosse stato presente.

La nonna era seduta da sola in soggiorno, con un enorme foglio di cartoncino appoggiato sul pavimento davanti a sé. Di fianco c'era una fila di pennarelli colorati, e lei ne teneva stretto in mano uno rosso acceso.

«Cosa stai facendo?» le chiese Charles, avvicinandosi per dare un'occhiata.

«E dove hai preso tutto quel materiale per il fai-da-te?» aggiunsi, trascinandomi dietro di lui.

La nonna non distolse l'attenzione dal cartellone davanti a sé, ma iniziò a spiegare: «Ho sempre con me un po' di scorte. Non puoi mai sapere quando della cartapesta o un tornio per ceramica si riveleranno utili per tirarti fuori dai guai!»

«Oh, beh, mi sembra ovvio» dissi, accertandomi che Charles mi vedesse alzare gli occhi al cielo, esasperata. Volevo un mondo di bene alla nonna, ma a volte le sue priorità erano decisamente da rivedere

—tipo decidere di fare il Cupido di turno quando c'era un gatto scomparso da trovare.

La nonna appoggiò il pennarello sul cartoncino giallo e iniziò a scrivere, borbottando tra sé: «Ho deciso di riepilogare tutti i fatti venuti alla luce finora, e anche tutti i nostri sospetti. Pensate a questo cartoncino come a un centro di controllo. Ora guardate qui. Il rosso sono le cose che sappiamo per certo, mentre il blu quelle di cui non siamo ancora sicuri.»

«E il nero?» chiese Charles prendendo in mano l'ultimo pennarello.

«Il nero sono le ipotesi già scartate. Cose che siamo certi non siano vere» disse la nonna annuendo, mentre continuava a scrivere a grandi lettere tonde. Poi si fermò per togliere di mano il pennarello a Charles: «Questo è mio, grazie tante.»

«Nonna...» la rimbrottai. Anche se era la persona che mi aveva cresciuta, a volte mi sembrava di essere io la madre fra le due.

Charles scoppiò a ridere; poi restammo a osservare in silenzio, in attesa che la nonna terminasse il suo progetto.

«Ok, ragazzi. È ora di fare le persone serie» disse lei pochi minuti dopo, una volta completato l'elenco e rimesso il tappo all'ultimo pennarello.

«Cosa sappiamo finora?» chiesi. Il poco testo

presente sul cartellone sottolineava tristemente i pochi progressi fatti, evidenziando quanto fossimo ancora lontani dalla soluzione.

La nonna si alzò in piedi, ripiegando le braccia in grembo: «Gattavius è scomparso. Questo è un *fatto*» iniziò. «È sparito fra le dieci e l'una di ieri mattina. *Fatto*. Potrebbe essere stato portato via contro la sua volontà. *Sospetto*. Ieri è anche arrivata una lettera sulla questione dell'arbitrato. *Fatto*. Le due cose potrebbero essere correlate. *Sospetto*.»

«Non vedo niente scritto in nero» dissi, facendo del mio meglio per riuscire a interpretare le minuscole scritte nella calligrafia da adolescente della nonna sul cartellone, ma senza riuscirci. «Cosa siamo riusciti a escludere finora?»

«Ancora niente» annunciò lei, accigliata. Si rigirava il pennarello nero fra le dita, come se volesse disperatamente utilizzarlo.

«Su col morale!» disse Charles, rivolgendo a entrambe un sorriso a trentasei denti, seppur molto tirato. «Stiamo facendo progressi, seppur lentamente.»

«Oh, facciamo un elenco dei posti in cui abbiamo già cercato» strillò la nonna entusiasta, facendo per alzarsi da terra.

Le appoggiai una mano sulla spalla e scossi il

capo: «Me l'hai già dato stamattina, insieme al messaggio che mi hai scritto, ricordi?»

«Sì, ma non è sul cartellone insieme a tutte le altre informazioni sul caso» mugugnò lei.

«Aspetta, vado a prenderlo.» Decisi di assecondarla, qualsiasi cosa intendesse fare. Se non altro, aveva fatto del suo meglio per organizzare tutte le informazioni di cui disponevamo. Io, fino a quel momento, mi ero limitata a girare a vuoto nel bosco, con l'unico risultato di sentirmi frustrata e farmi girare la testa. Ci avevo anche rimesso un vasetto di burro d'arachidi.

Una volta recuperato l'appunto in cucina, lessi alla nonna l'elenco dei luoghi in cui si era recata la notte prima. Aveva scelto un pennarello verde per annotare quelli in cui avevamo già cercato. Quando finimmo, il poster iniziava a essere più popolato, anche se supponevo che non fosse esattamente una cosa buona: significava che avevamo quasi esaurito le opzioni.

«Lo troveremo!» ci assicurò Charles per quella che mi parve la centesima volta. Anche se apprezzavo il suo ottimismo, iniziavo a desiderare che se ne stesse un po' zitto.

«Avete chiesto ai vicini?» ci domandò.

La nonna fece schioccare la lingua: «Certo che sì. È stata la prima cosa che abbiamo fatto ieri.»

«Bene, e cosa—?» iniziò a dire Charles, ma venne interrotto dall'inatteso ronzio della gattaiola elettronica che si apriva nell'ingresso.

Poteva essere vero? Era riuscito a tornare a casa?

«Gattavius!» gridai, alzandomi in piedi di scatto e precipitandomi verso la porta. La gattaiola era programmata per aprirsi quando rilevava il segnale del microchip inserito nel collare del mio gatto, quindi non poteva essere stato altri che lui a entrare. Iniziai a piangere silenziosamente; lacrime di sollievo mi salirono agli occhi.

Forse aveva solo tardato troppo, o si era spinto troppo lontano e aveva faticato a ritrovare la strada di casa. Oh, aveva parecchie spiegazioni da darmi, quel furfantello di un gatto!

Mi appoggiai una mano sul fianco mentre avanzavo verso la porta, pronta a riversargli addosso la mia furia di genitore arrabbiato e fargli un didietro peloso così.

Svoltato l'angolo dell'ingresso, la prima cosa che vidi fu la coda ad anelli che conoscevo bene. Sembrava più gonfia del solito, il che significava che anche lui era sconvolto o spaventato.

Poi notai due grasse zampe grigie che non corrispondevano affatto al colore del mantello del mio tigrato, che era marrone. Fu allora che mi resi conto che non era Gattavius in ritorno trionfale. No. Quello era un impostore!

Ma come era possibile? Come aveva fatto a entrare senza il collare dotato di microchip che faceva aprire la gattaiola?

Me lo stavo ancora chiedendo, quando la creatura si voltò, fissandomi con occhi profondi, contornati da una mascherina. Un procione!

In una zampetta stringeva il collare di Gattavius, rotto, e nell'altra una confezione vuota di Sheeba. Da dove veniva quell'intruso? E perché mai aveva il collare del mio gatto?

«E tu chi diavolo sei? Cosa ci fai, qui?» gridai, rendendomi conto troppo tardi che la mia ira avrebbe potuto metterlo in fuga. Nonostante fossi furiosa e spaventata, in quel momento l'animale appena entrato era la nostra pista migliore. Dovevo giocarmela bene, anche se avrei voluto continuare a urlare finché non fossi riuscita a ottenere le risposte che bramavo.

Il procione non sembrava minimamente impaurito. Stringendo entrambi gli oggetti con le zampe anteriori, si sollevò su quelle posteriori, piegando la testolina da un lato per osservarmi: «Tu parli?» mi chiese con un'espressione confusa sul muso.

Calò un breve istante di silenzio fra noi. Percepivo la presenza della nonna e di Charles alle mie spalle, ma nessuno proferì parola: eravamo tutti e tre intenti a fissare l'intruso.

All'improvviso il procione scoppiò a ridere, una risatina acuta e squittente che mi diede sui nervi all'istante: «Oh, sai parlare! Che carina!»

Preferisco non pensare a cosa sarebbe successo se Charles e la nonna non mi avessero afferrato un braccio ciascuno per trattenermi. Sarebbe stato davvero patetico se fossi finita a fare a botte con un procione, soprattutto perché ero abbastanza certa che avrei perso.

9

Aggredii a parole l'intruso dagli occhietti neri, scintillanti come perle. Forse avrei dovuto preoccuparmi di poter contrarre la rabbia o qualche altra malattia infettiva, ma in quel momento ero troppo fuori di me perché mi importasse di qualcosa che non fosse trovare delle risposte: «Perché hai il collare del mio gatto?» sbraitai. Non avevo la minima intenzione di cedere.

Il procione scoprì le zanne, fermandosi a riflettere ben più a lungo di quanto avrei voluto, per decidere se parlare con me o darmi un morso.

«Octavius Maxwell Ricardo Edmund Frederick Fulton appartiene solo a se stesso!» disse infine, pronunciando lentamente ogni parola. «Non è di proprietà tua, né di nessun altro.»

Qualsiasi risposta mi aspettassi, di certo non era quella. «T-tu lo conosci?» balbettai, inginocchiandomi in modo da poterlo guardare negli occhi.

Lui fece una risatina nervosa, tutta la spavalderia svanita all'istante: «Conoscerlo? No! Magari! Mi piacerebbe moltissimo! Anche solo trovarmi in casa sua è un immenso onore per me. Non possono neanche trovare le parole per—»

«Hai fatto irruzione» sbottai, in preda alla frustrazione. «Non c'è proprio nulla di onorevole in questo.»

Il procione abbassò il capo e iniziò a piangere. Non avrei saputo dire se stesse fingendo, ma di sicuro quel piccolo manigoldo dalla coda ad anelli poteva giocarsela ad armi pari con la nonna e Gattavius in quanto a teatralità. A prescindere da cosa facessi o dove andassi, ero sempre circondata da stuoli di seguaci di Tespi, il noto tragediografo greco.

«Smettila di frignare!» sbraitai, ansiosa di procedere con la conversazione. «Dimmi chi sei e perché sei qui. Sei per caso un fan di Gattavius?»

«Ti ricordo che lui preferisce essere appellato con il suo nome completo» ebbe l'audacia di correggermi la bestiola. «E non sono certo un fan qualsiasi.» Scosse il capo con cocciutaggine, poi scoprì di nuovo i denti in un sorriso inquietante che mi spinse a indietreggiare in modo maldestro per mettere un po' di distanza fra me e quelle zanne. «Sono il suo più grande fan. *Numero uno*[1], baby!»

C'erano stato ben pochi momenti in vita mia in cui mi ero presa il viso tra le mani per la sorpresa. Quello fu uno di essi. «Non sapevo che i gatti di casa avessero dei fan» ammisi, ancora del tutto incredula.

Il procione scattò in avanti, portando il muso a pochi centimetri dal mio naso, e gridò: «Lui non è affatto un semplice gatto di casa, signorina! Lui è la sofisticatezza fatta animale!»

Ok, probabilmente sarebbe stato meglio procedere con la conversazione per scoprire se il nuovo arrivato avesse qualche informazione che potesse aiutarci a capire dove fosse finito Gattavius, ma avevo una voglia matta di sapere come avesse fatto il mio gatto a guadagnarsi l'adorazione di un fan tanto entusiasta: «Perché lo ammiri così tanto? Com'è iniziata la tua... ehm... passione per lui?»

Il procione si sollevò più che poté sulle zampe posteriori e si passò le anteriori sul muso con un gesto teatrale: «Tutto ha avuto inizio in una notte buia e stellata. Mi stavo facendo gli affari miei come di consueto: spiare un po' gli umani, fare un'incursione ai bidoni della spazzatura, sai, le tipiche faccende da sbrigare. Quando, guarda un po', mi trovo davanti qualcosa di luccicante che non avevo mai visto. Ha attirato subito la mia attenzione, e non perché sembrasse di valore, ma per il profumo... Wow, che aroma!»

Raccolse da terra la confezione vuota di Sheeba che aveva portato con sé e me la porse: «È la prelibatezza più sopraffina che abbia mai gustato in vita mia, e poi ho scoperto che ogni giorno ne trovavo dell'altro. Wow, ero l'orsetto dei rifiuti più fortunato di Blueberry Bay!»

Dovetti faticare parecchio per non scoppiare a ridere: «Ti sei appena definito ors—Ok, lasciamo stare. Continua!

«Beh, ovviamente volevo scoprire da dove veniva quella manna celestiale. Così ho iniziato a tenere d'occhio la situazione. A osservare, se vogliamo dire così. È stato allora che ho visto Octavius per la prima volta; e, da creatura intelligente che sono, ho capito che quel cibo era suo e che quello che mangiavo io erano solo avanzi. Quindi mi sono chiesto di quali altre meraviglie fosse a conoscenza, e ho continuato a osservare le sue abitudini. È così che sono venuto a sapere dell'Evian, dei dispositivi Apple, dei posticini migliori per prendere il sole e di mille altre cose magnifiche. Ovviamente, quando ho trovato il suo collare, ho compreso subito che sarebbe stato il pezzo forte della mia collezione. Allora sono entrato, per vedere cos'altro avrei potuto trovare o se magari, per amore del Grande Procione su nei cieli, potessi avere l'occasione di incontrare davvero Octavius il Grande.»

«Come ti chiami?» chiesi in tono scettico. Per la prima volta da quando era scomparso, ero lieta che Gattavius non fosse nei paraggi. Avevo sempre pensato che il suo ego non potesse espandersi ulteriormente... fino ad ora.

Il procione appoggiò nuovamente la confezione di Sheeba vuota sul pavimento e cercò di agganciarsi al collo il collare di Gattavius. Con un altro sorriso che metteva in mostra le zanne appuntite, rispose: «Sarebbe troppo da parte mia chiederti di chiamarmi Octavius? Se potessi scegliere il nome che più mi piace, sarebbe di certo questo!»

«Sì, sarebbe decisamente troppo.» Dovevo mostrarmi decisa con quel tipo, o non saremmo arrivati da nessuna parte. Se non altro sembrava sveglio, e in grado di ricordare la nostra conversazione a lungo. Forse avrebbe perfino accettato di aiutarmi: «Qual è il tuo vero nome?»

Fece il broncio e abbassò gli occhi: «Pringle.»

Era adorabile! Perché gli creava tanto imbarazzo?

«Piacere di conoscerti, Pringle. Io mi chiamo Angie.» Allungai la mano e gli strinsi la zampetta, e lui ricambiò. Era proprio un animaletto intelligente e sembrava conoscere piuttosto bene sia le usanze umane che quelle feline.

«Allora, Pringle, come mai ti chiami così?» Ero pronta ad ammettere che quella creaturina mi aveva fatta innamorare all'istante, e mi aveva anche riempito il cuore di speranza.

«Beh, *Angie*» iniziò a dire senza la minima esitazione, «è una lunga storia, ma per farla breve, quando la mia mamma aspettava me e i miei fratellini, le Pringles erano il suo snack preferito, ne aveva sempre voglia. Essendo il suo primogenito, ha deciso di chiamarmi così. In effetti non è poi così lunga come storia. Tutto qui. Fine.»

Mi concessi una risatina prima di ricompormi e rivelare al mio nuovo amico qualche informazione che non gli sarebbe piaciuta affatto: «Ok, Pringle, grazie per il racconto divertente. Purtroppo ho delle cattive notizie. Il nostro caro Octavius è scomparso. Sono trascorse quasi ventiquattro ore e non ho idea di dove si trovi.»

Il procione si afferrò il muso con le zampette e sussultò: «Octavius, nooooooo!» gridò. «Eri troppo giovane e perfetto per andare incontro a una fine tanto prematura!» Pringle si lasciò cadere all'indietro simulando uno svenimento, e mi chiesi se avesse anche guardato un po' di TV di nascosto mentre ci spiava durante il giorno.

«Ehi, no, non intendevo quello!» gridai, dandogli dei lievi colpetti finché non si tirò su a sedere. «Non è morto! Perché sei saltato subito a questa conclusione?»

I suoi occhi si allargarono, scintillanti di gioia: «Allora è vivo! Il nostro amato Octavius è vivo!»

Quando mi vide annuire, spiccò un salto in aria di almeno una trentina di centimetri, sollevando il pugno in un gesto di vittoria. Che buffa creaturina!

«Ora smetti di balzare alla conclusioni e ascoltami, ok?» Un sorriso mi si dipinse sul volto quando mi resi conto di quanto avrei potuto fare leva sulla sua adorazione per il mio gatto. «Ne va del futuro di Octavius. In effetti, ora la sua vita è nelle tue mani.»

«Farei qualsiasi cosa per Octavius» disse facendo un inchino—e, per quanto mi sforzassi, non avevo la minima idea del perché. «Hai la mia completa attenzione.»

Annuii: «Bene. Vieni a conoscere gli altri membri del fan club di Octavius, e ti racconteremo tutto.»

«Io però sono il presidente, perché sono sempre il suo fan numero uno» disse, lanciando un'occhiata a Charles e alla nonna con rinnovata aggressività, mentre ci avvicinavamo.

«Certo che sì» mi affrettati ad assicurargli. «Tu sei sicuramente il suo più grande fan. Nessuno di noi ha intenzione di toglierti questo onore.»

Pringle fece un sorrisetto, come se avesse vinto il più ambìto dei premi.

Charles fece un cenno di saluto con la mano al nuovo membro del gruppo. La nonna sollevò il cartellone, e io raccontai al procione tutto ciò che avevamo scoperto fino a quel momento. La sua adorazione e il suo entusiasmo sarebbero stati la chiave per risolvere il caso?

Lo speravo proprio!

10

Pringle camminava avanti e indietro, da un lato all'altro del soggiorno, ora incedendo sulle zampe posteriori, un attimo dopo muovendosi a quattro zampe. Per tutto il tempo, non smise neanche per un istante di parlare, parlare... e parlare ancora.

Avevo a malapena il tempo di riferire ciò che diceva a Charles e alla nonna prima che mi interrompesse per proseguire con il suo monologo.

«Chiunque abbia rapito Octavius, gliela faremo pagare. Oh sì, gliela faremo pagare, cara e salata!» Il procione si batté il piccolo pugno nero sul palmo della zampa per enfatizzare il concetto. «Non mi darò pace finché non sarà tornato a casa sano e salvo. Non mangerò un singolo... Oh, in realtà mangerò eccome.

Un procione deve mantenersi in forze per salvare il proprio amico gatto da un imminente pericolo.»

«Ehm, scusa un attimo» dissi, sollevando la mano per attirare la sua attenzione. «Hai mai incontrato Gattavius?»

L'animaletto sospirò e sollevò le piccole spalle pelose: «Non ancora, ma suppongo che me lo presenterai quando farà ritorno a casa, giusto?» Spalancò gli occhi e per un istante smise di fare avanti e indietro, e iniziò a tremare. Per l'eccitazione, immaginai.

Ero tentata di allungare una mano per accarezzarlo, ma non sapevo come avrebbe reagito a un gesto così intimo. «Ti assicuro che niente potrebbe fargli più piacere che incontrare il presidente del suo fan club» dissi con un sorrisone. «Grazie per l'aiuto che ci offri.»

Pringle si sollevò sulle dita delle zampe posteriori e spalancò le braccia mentre esclamava a pieni polmoni: «Certo che voglio aiutarvi! È per questa ragione che sono nato. Octavius è un mito, ma non è ancora pronto per diventare solo un ricordo. Deve vivere a lungo per ispirare gli animali di tutto il mondo!» Il procione si batté il pugno sul petto, poi si inginocchiò e chinò il capo con riverenza.

Non sapendo cosa fare, gli diedi qualche piccola

pacca fra le orecchie e dissi: «Grazie per i tuoi servigi.»

Lui sollevò il capo, ma continuò a tenere il pugno saldo contro il petto: «È un onore servire Octavius! Qual è il mio primo incarico?»

Oh-oh. Avevo forse inavvertitamente ordinato cavaliere un orsetto dei rifiuti?

Sbattei le palpebre più volte alla vista della creaturina ancora inginocchiata di fronte a me. L'intera scena sarebbe stata molto spassosa, se non fossi stata così preoccupata per Gattavius.

Pringle si schiarì la gola: «Lady Angela, il mio incarico?»

«Oh... Oh! Sì.» Mi ci volle un istante per tornare alla realtà. Che problema poteva mai esserci se l'animaletto che avevo davanti era per metà un cavaliere medievale e per l'altra metà un fan sfegatato del mio gatto? Aveva promesso di impegnarsi per trovare Gattavius. Ora condividevamo lo stesso amore e la stessa causa. Sentii rinascere la speranza mentre mi spremevo le meningi per trovare dei compiti da assegnargli e tenerlo impegnato.

«Ho bisogno che tu vada a parlare con gli altri animali del bosco per scoprire se hanno visto o sentito qualcosa che possa esserci utile. Quando farà buio, torna qui, e tieni d'occhio la casa. Se noti qualcosa di sospetto, vieni subito ad avvertirci.»

«Sul mio onore!» Pringle mi lanciò un'ultima occhiata penetrante prima di schizzare fuori dalla gattaiola e, presumibilmente, mettersi all'opera.

«Speriamo che abbia più successo di noi» disse Charles, ricordandomi all'improvviso che non ero sola. A volte, quando mi immergevo in una conversazione con un animale, mi dimenticavo della presenza degli altri esseri umani.

«Se non altro, lo terrà impegnato» dissi, stringendomi nelle spalle.

La nonna girò il cartellone e tolse il tappo al pennarello viola: «Ora, tesoro, so che non sarà facile, ma è il momento di parlare un po' di te. Più nello specifico, di chi potrebbe avercela con te.»

Sentii un'onda di panico avvolgermi: «Credi che qualcuno abbia rapito Gattavius per vendicarsi?»

«Beh, non è che lui abbia dei nemici, quindi immagino che sia una possibilità.» Charles mi si avvicinò prontamente e mi circondò le spalle con un braccio. Gli appoggiai la testa sul petto e cercai di scacciare la sensazione di aver firmato la condanna a morte del mio migliore amico. Di fatto, non avevamo nessuna prova che sarebbe tornato a casa, né che fosse ancora vivo.

«Ora, tesoro, chi è che ti odia di più al mondo?» mi chiese la nonna, del tutto indifferente al fiume di emozioni che mi turbinava dentro. Non era mai stata il tipo da indorare la pillola.

Odio? Accipicchia! Là fuori c'era davvero gente che mi odiava. Era dura da mandare giù.

«Ma anche che ti conosce abbastanza da sapere quanto ti può far soffrire il rapimento del tuo gatto» aggiunse Charles con delicatezza.

«Oh, ottima argomentazione!» disse la nonna con una risatina. Lanciò un'occhiata alla mano di Charles appoggiata sulla mia spalla e mi fece l'occhiolino. Tutta quella situazione le piaceva fin troppo per i miei gusti.

«Odio è una parola forte» commentai, mentre mi liberavo dall'abbraccio di Charles. Sentii subito freddo, e un brivido mi corse lungo la schiena.

«Ma è anche un sentimento forte» concordò la nonna. «So che è difficile da accettare, ma sono abbastanza certa che la gente che hai fatto finire in galera non ne sia molto contenta.»

Mi alzai e attraversai la stanza, per poi gettarmi sul divano con un gemito: «Ok. Per prima cosa, non li ho messi io in prigione. Ci sono finiti per i crimini che hanno commesso. Secondo, *sono* in prigione.

Quindi, anche volendo, come avrebbero potuto rapire Gattavius?»

«Angie ha ragione» disse Charles alla nonna. Sospirarono all'unisono; era inquietante quanto a fondo ci conoscessimo, tanto da aver iniziato ad assumere le abitudini l'uno dell'altro. «Forse c'è un secondo uomo.»

«O una seconda donna. Anche le signore possono essere cattive, come ben sappiamo.» Questa osservazione sembrava suscitarle un certo orgoglio perverso. Una manifestazione davvero contorta di girl power.

«Di sicuro quel Peter che ha lavorato da noi per un po' ce l'aveva con te» aggiunse Charles, facendo riferimento al cugino di Bethany, un tipo davvero inquietante che era stato assunto come assistente legale allo studio. Eravamo stati perfino costretti a condividere la stessa scrivania. Ero contenta oltre ogni dire che si fosse trasferito in Georgia, frapponendo fra noi una confortante quantità di chilometri.

«Sì, e poi non c'era quell'altro che era stato licenziato dopo che lo avevi accusato di molestie sessuali?» interloquì la nonna. «Mi pare che si chiamasse Brad.»

«Sì, sì, erano entrambi disgustosi» gemetti. Davvero mia nonna, fiera femminista da sempre, mi stava facendo passare un brutto quarto d'ora per essermi fatta valere dopo aver subìto delle avances inappropriate? Non riuscivo a crederci.

«Brad molestava chiunque» ribattei sulla difensiva, «e avrebbe dovuto essere licenziato ben prima che io lo accusassi. E comunque, non sono stata l'unica a farlo. Invece quel Peter sembrava avercela con me fin dalla prima volta che mi ha vista. Grazie al cielo, se ne sono andati entrambi.»

La nonna si accigliò e prese a giocherellare con i pennarelli: «Non intendevo turbarti. Voglio solo aiutarti a riportare a casa il nostro amico a quattro zampe.»

«Sentite, mi sembra che non stiamo arrivando a nulla con queste domande, quindi proviamo a fare marcia indietro» disse Charles, venendo educatamente in mio soccorso.

«Sì. Angie mi sembra un po' troppo scossa.» La nonna si sedette sul divano al mio fianco e mi appoggiò una mano rugosa sul ginocchio.

«Non è affatto divertente fare l'elenco delle persone che ci detestano» dissi a entrambi. Sembrava che la giornata non facesse altro che peggiorare. «Provateci voi, e vediamo come vi sentite.»

«Oh, nessuno mi detesta.» La nonna si arruffò i capelli e si dimenò. «Sono solo una vecchietta stramba, io.»

«Oook» risposi con un sorrisetto. Almeno avevamo finito con l'elenco dei peggiori nemici di Angie.

Charles si avvicinò e si sedette al mio fianco dall'altro lato: «La questione sembra sempre più legata alla tenuta di Ethel Fulton e alla ripartizione dell'eredità.»

«Ha ragione lui» disse la nonna, appoggiandosi contro la rigida imbottitura dell'antico divano. «Anche la tempistica è sospetta perché si tratti di qualcos'altro.»

«E siamo certi che Gattavius non si sia allontanato di sua volontà?» chiese Charles sollevando un sopracciglio in attesa di una risposta.

«Sicurissimi!» gridammo io e la nonna all'unisono.

Lui premette le labbra in una linea sottile ed emise un suono di disapprovazione: «Questo restringe di un bel po' i possibili sospettati. Poiché Ethel si era rivolta al nostro studio per il testamento, dovrei riuscire a procurarmene una copia. Ma dovrai aggiornarmi su tutte le persone coinvolte e su cosa sappiamo di loro, dato che è successo prima che io mi trasferissi qui.»

«Dovremmo chiamare l'agente Bouchard e informarlo?» chiese la nonna, che aveva una cotta per l'agente ormai da quasi un anno. Caspita! Tra me e lei, avevamo cotte praticamente per ogni uomo residente in città. Non che una delle due uscisse effettivamente con qualcuno, ma tant'è.

Charles scosse il capo, accigliato: «Informarlo di cosa? Purtroppo non abbiamo nessuna prova.»

«Allora sapete cosa dobbiamo fare.» La nonna mi premette la mano sul ginocchio e si alzò in piedi. «Dobbiamo trovarne una.»

11

La nonna rimase a casa, mentre io e Charles ci recammo allo studio legale per prendere una copia del testamento di Ethel e l'elenco dei beneficiari.

«Qui sono indicate una trentina di persone» dissi con un sospiro, scorrendo per la seconda volta il lungo documento legale. «Come facciamo a sapere chi ha rapito Gattavius?»

«Facciamo un elenco di indirizzi e dati di contatto» suggerì Charles, aprendo un nuovo documento sul laptop. «In questo modo, probabilmente, riusciremo a eliminare chi risiede al di fuori dello stato; poi proseguiremo da lì.»

«E io vedrò cosa riesco a scoprire sui sospettati attraverso i social network.» Estrassi il cellulare dalla tasca e lo sventolai con un sorrisetto malizioso: «La gente si lascia sfuggire di tutto quando pensa che nessuno presti attenzione. Forse riusciremo a scoprire chi non è soddisfatto del testamento o ha problemi economici. Qualcuno potrebbe avere un movente chiaro, se scaviamo abbastanza a fondo.»

«Mi piace il tuo modo di ragionare. Cominciamo!» disse Charles, prima di rivolgere l'attenzione al computer.

Trascorremmo alcune ore immersi in quelle faccende. Prendendo esempio dalla nonna, utilizzai colori diversi per contrassegnare ciascun nome nell'elenco dei beneficiari in base a ciò che sapevamo di quella persona e alla probabilità che si trattasse di un rapitore di gatti.

«In blu ci sono le persone che ricordo di aver visto alla lettura del testamento» spiegai a Charles quando entrambi avemmo terminato le nostre ricerche. «Caspita, sembra che sia successo secoli fa.»

Da quel giorno la mia vita era totalmente cambiata. Ricordavo ancora di essermi recata in ufficio ed essere stata rimproverata da Thompson per non aver indossato un abbigliamento adeguato alla situazione, per cui mi ero fatta prestare una giacca dalla mia amica Bethany—anche se all'epoca non eravamo affatto amiche. Poi avevo preso la scossa dalla macchina per il caffè; quando avevo ripreso i sensi, avevo scoperto di riuscire a parlare con Gattavius e – oh, cielo – da lì tutto aveva iniziato a cambiare molto rapidamente.

Ora il mio migliore amico era un gatto parlante, vivevamo in una delle tenute più chic dell'intero stato e io ero sul punto di aprire un'agenzia investigativa tutta mia.

Ovviamente, quando avessi trovato il coraggio di dire a Charles che davo le dimissioni.

Deglutii e continuai con la spiegazione: «La X nera significa che il profilo è privato o che non sono riuscita a trovarlo. E ho cerchiato in rosso i nomi di quelli che mi sono sembrati sospetti o che mi davano l'impressione di poter essere rapitori di gatti.»

«Ma sono quasi tutti cerchiati di rosso» puntualizzò Charles con una risatina che mi ferì e mi rese nervosa.

«Ehi, non ridere! È una cosa seria!» Lo fissai in cagnesco finché non tornò serio.

«Hai ragione. Ti chiedo scusa.»

«Cos'hai scoperto?» gli domandai, desiderando ardentemente che fosse riuscito a restringere più di me l'elenco dei possibili sospetti.

«Beh, solo in pochi vivono nelle vicinanze e sono quindi i sospettati più probabili.» Girò il computer verso di me in modo che potessi vedere anch'io l'elenco di nomi e indirizzi, ordinati in base alla distanza, e quindi con in cima quelli che abitavano in città e nei dintorni.

«Grandioso!» dissi, alzandomi in piedi, pronta a entrare in azione. «Stampamene una copia, così mi metto subito all'opera. Anzi, faccio una foto, così risparmiamo tempo.»

Presi il cellulare e aprii la fotocamera, ma Charles chiuse il laptop con un click.

«No, non lo farai» disse, mantenendo la presa salda sul computer, in attesa che cedessi. Accidenti, a volte era proprio irritante! «Chiunque abbia preso Gattavius ti riconoscerebbe di sicuro. E, probabilmente, saprebbe identificare anche tua nonna.»

«E allora cosa faccio?» chiesi, sbattendo i piedi come l'adolescente capricciosa che ero stata un tempo. «Dovrei restarmene qui a far niente?»

Un sorriso gli illuminò il bel viso, mettendomi subito a mio agio: «Non ho detto questo. Ci andrò io, personalmente.»

Non potei fare a meno di sorridere. Mi piaceva il fatto che avesse preso il controllo della situazione. «Ottimo! Allora andiamo» dissi, allungando una mano verso il laptop per fotografare l'elenco di indirizzi.

Charles sollevò l'indice e mi fece segno di no: «No, Angie. Tu non vieni. Fidati di me, ok? Desidero riportare a casa Gattavius quanto lo vuoi tu. E lo farò. Ma oggi pomeriggio ho un appuntamento in tribunale, quindi non potrò indagare su questa pista fino a dopo il lavoro.»

Chinai il capo e mi sforzai di non sospirare. Sapevo che aveva ragione, ma questo non rendeva più facile aspettare. «Grazie» mormorai, infine, con grande difficoltà.

«Prego» disse Charles. «Ora andiamo, ti accompagno a casa. Magari Pringle ha scoperto qualcosa di utile durante la nostra assenza.»

Potevo solo sperare...

* * *

Ovviamente Pringle non aveva trovato nessuna informazione utile in quel lasso di tempo, e nemmeno la nonna.

«Mi chiedo cosa penserebbe Ethel di tutto questo bailamme, se fosse ancora viva» disse con lentezza la nonna quella sera a cena. Si era tenuta occupata, affaccendandosi come una furia in cucina, così la cena era uno strano ma saporito miscuglio di ravioli al vapore, gnocchi ed *empanada*.

«Non mi uccideresti mai per accaparrarti la mia eredità, vero?» mi chiese, addentando uno gnocco fumante e fissandomi con espressione attenta.

Mi cadde la forchetta di mano e rimasi a fissarla a bocca aperta. Per fortuna avevo appena inghiottito un bel boccone di pasta, o mi sarebbe caduto dritto sul tavolo. Ma guarda un po' con che razza di idee se ne usciva certe volte la nonna!

«Stavo scherzando» canticchiò con una risatina allegra. «In ogni caso, povera Ethel! Tradita dai suoi cari sia da viva che da morta. Voleva solo che il suo amato gatto trascorresse il resto della sua vita nel benessere, ma anche questo ha creato problemi. Sconfitta su tutti i fronti, povera vecchietta.»

Si strinse nelle spalle e prese un altro boccone, che masticò pensierosa, mentre sedevamo in silenzio. Capivo perché stessimo parlando di Ethel, ma farlo mi rendeva comunque immensamente triste, soprattutto perché, in un certo senso, stavo vivendo la sua vita, o per lo meno in casa sua. A ben pensarci, pur essendo stata ricca, era evidente che a Ethel fossero mancate molte cose importanti nella vita.

Come l'amore, la famiglia, il rispetto.

La nonna non aggiunse altro, ma l'immagine della donna che avevo visto solo in occasione del suo funerale poco meno di un anno prima era ancora viva nei miei ricordi. Dovevo accertarmi che il suo gatto tornasse a casa sano e salvo e mantenesse lo stile di vita lussuoso a cui era abituato. Lo dovevo a Ethel. Che importanza aveva se gli altri non capivano?

Io lo capivo perfettamente, ed era compito mio. Era anche qualcosa a cui tenevo profondamente e per cui ero disposta a lottare.

Gattavius sarebbe tornato a casa, a qualunque costo.

Per fortuna, poco dopo cena iniziarono ad arrivare notizie da Charles tramite SMS. Me ne mandava uno dopo ogni incontro con gli eredi di Ethel. I primi messaggi giunsero a breve distanza l'uno dall'altro, poiché si era recato da coloro che abitavano a Glendale, ma in seguito si fecero più radi.

Me ne stavo distesa sul letto con il cellulare al mio fianco, attendendo con impazienza di riceverne un altro.

Finché non mi addormentai.

Sognai i primi giorni trascorsi con Gattavius, quando ancora vivevamo nel minuscolo appartamento in affitto che lui detestava, e stavamo ancora cercando di imparare a conoscerci. In sogno, passai in rassegna i ricordi degli attimi più belli, come quando gli avevo dato il suo primo iPad, quando avevamo mangiato insieme i gamberetti alla griglia, e il giorno in cui avevo ricevuto i documenti e lo avevo adottato ufficialmente. Avevamo vissuto molti momenti importanti insieme, e altrettanti dovevano ancora venire.

Avevamo dato la caccia ad assassini e ladri. Di certo potevamo fermare anche un rapitore di gatti.

Ben presto, però, i ricordi felici lasciarono il posto a quelli spaventosi: inseguimenti in auto a velocità folle e scalinate minacciose; la visita a un amico in un carcere di massima sicurezza; la volta in cui mi ero ritrovata a fissare dritto negli occhi qualcuno che voleva uccidermi.

Un rumore violento risuonò nella stanza e io schizzai su a sedere prima ancora di essere riuscita a svegliarmi del tutto. L'immagine di una pistola scintillante mi balenò dietro le palpebre. Ero stata minacciata con una pistola più volte nel corso dell'ultimo anno e—.

BANG!

Il rumore proveniva dall'altro lato della porta chiusa.

No, *era* la porta.

Qualcuno stava bussando come se il fatto che aprissi, e in fretta, fosse questione di vita o di morte.

«Nonna?» chiesi, mentre mi avvicinavo, esitante.

«Apri! Apri!» gridò una stridula vocetta che ben conoscevo. «Ci sono novità.»

Spalancai la porta e Pringle si precipitò dentro.

Si arrampicò dritto sul letto, strizzando gli occhi quando accesi la luce: «Ah, questa roba mi acceca!» strillò, strofinandosi gli occhi. «Non hai un regolatore di luminosità?»

«Scusa.» Spensi il lampadario e accesi la lampada sul comodino. Avvicinandomi, notai che il procione teneva nella zampa un foglio di carta bianco con piccole lettere colorate incollate su un lato.

«Dove l'hai preso, quello?» chiesi, indicandolo.

«È quello che stavo cercando di dirti. Qualcuno lo ha appena infilato sotto la porta d'ingresso. Sono arrivato di corsa, ma non abbastanza in fretta da vedere in faccia il colpevole. Ma si trattava sicuramente di un umano. Ne sono certo. *Ecco, tieni.*»

Le mani mi tremavano quando presi il foglio che Pringle mi porgeva.

«È una richiesta di riscatto» dissi incredula, mentre fissavo la composizione frettolosa di lettere, chiaramente ritagliate da un giornale. «Perché darsi tanta pena? Perché non stamparlo e basta?»

«È evidente che l'autore ha un debole per le scene melodrammatiche» disse Pringle, snudando le zanne e roteando gli occhi. «Allora, cosa c'è scritto? Eh? Eh?»

Avvicinai il foglietto alla luce e lessi: «Questo posto non ti appartiene. Rinuncia alla casa o faccio fuori il gatto.»

Sussultai, lasciando cadere la lettera come se mi fossi scottata.

«Non se ne parla, non se ne parla, non se ne parla!» gridava Pringle saltando sul letto. «Nessuno può minacciare Octavius e passarla liscia. Cosa facciamo adesso?»

«Non lo so» risposi con un singhiozzo. «Non ci hanno detto cosa fare o dove inviare una risposta.»

Avrei ceduto la casa senza pensarci due volte, se era quello che serviva, ma come dovevo fare? Mi sentivo più impotente che mai, mentre guardavo Pringle negli occhi, pregando che avesse una risposta.

12

«Forza» dissi al mio amico procione dopo qualche altro istante di silenzio carico di tensione. «Andiamo a prendere dello Sheeba per te.»

Scattai una foto alla richiesta di riscatto e la inoltrai a Charles e alla nonna, poi mi diressi alla dispensa per preparare uno spuntino notturno per me e Pringle. Ero già a metà delle scale quando mi resi conto che non mi stava seguendo.

Pringle era fermo sul pianerottolo, gli occhi scuri pieni di grosse lacrime scintillanti: «Dello Sheeba? Per me?» domandò, estasiato.

Sorrisi alla dolce e bizzarra creatura del bosco: «Posso aggiungere anche dell'Evian, se così l'offerta ti sembra più allettante.»

Pringle si precipitò giù per le scale alla massima velocità che le zampe gli consentivano e mi si aggrappò alla gamba in quello che supposi fosse un abbraccio di gratitudine: «Questo è il giorno più bello della mia vita!» sussurrò con il muso affondato nei pantaloni del mio pigiama a quadri. «Il più bello in assoluto.»

«Aspetta di conoscere Octavius!» gli dissi con una risatina, immaginandomi la scena—l'espressione di pura gioia di Pringle e quella presumibilmente irritata del mio gatto. «Ho la sensazione che gli andrai a genio» dissi, nonostante quell'immagine. Era vero: una volta abituatosi all'esaltazione perenne del procione, a Gattavius sarebbe piaciuto avere a che fare con qualcuno che lo apprezzava tanto quanto si apprezzava lui stesso.

Pringle si arrestò, ma riprese a muoversi pochi istanti dopo. Era così facile farlo felice. Era un aspetto di lui che adoravo. Dopo aver preparato uno spuntino a base di Sheeba ed Evian per lui – servito, però, in un piatto di plastica, anziché in uno di ceramica Lenox, quelli preferiti da Gattavius – e aver preso una barretta al muesli per me, andai a svegliare la nonna per dirle della richiesta di riscatto.

Ma ancora prima che riuscissi a raggiungere camera sua, il cellulare iniziò a vibrare nella mia mano. La chiamata veniva da un numero sconosciuto, cosa che mi parve ancora più strana a tarda notte.

Poteva essere il rapitore che voleva stabilire i termini? Sarei stata più che lieta di pagargli qualsiasi cifra pur di riavere il mio gatto.

«Pronto?» chiesi, attraversata da un fremito di aspettativa.

«Angie, perché non mi hai chiamata prima?» La voce pareva arrabbiata e mi ci volle qualche istante per riconoscerla.

«B-B-Bethany?» balbettai, quando finalmente identificai la mia amica. «Dove sei?»

«Io e Peter siamo arrivati in Georgia stasera, e Charles mi ha appena chiamata per raccontarmi tutto quello che è accaduto dopo la mia partenza. Per prima cosa, dimmi: stai bene?»

«Sì» mentii, senza sapere bene perché. Mi ero affezionata a Bethany, anche se il nostro rapporto non era sempre stato facile. Tuttavia, anche se mi fidavo di lei, non volevo che sapesse quanto mi sentissi devastata a causa della piega presa dagli eventi. E poi, lei non era a conoscenza del mio segreto e io non avevo intenzione di svelarglielo.

«Hai idea di chi potrebbe aver avuto interesse a rapire Gattavius?» chiesi con voce tremante.

Bethany rispose senza esitazione: «È evidente che si tratta di qualcosa che ha a che fare con il testamento di Ethel. Ricordi quanto erano arrabbiati i parenti per il fatto che quasi tutto era stato lasciato al gatto? Per non parlare di quel succulento fondo fiduciario...»

Era proprio ciò che già pensavo, ma c'era qualcosa che non aveva il minimo senso: «Sì, ma sono passati mesi» aggiunsi. «Perché decidere di agire solo adesso?»

Bethany ci rifletté un istante, poi chiese: «Da quanto tempo ti sei trasferita a Fulton Manor?»

«Da un paio di mesi» risposi pensierosa, mentre mi facevo scivolare un dito in bocca e iniziavo a mordicchiare una pellicina. «Credi che le due cose siano legate? Ho ricevuto una richiesta di riscatto in cui viene menzionata la casa.»

«Ovviamente le due cose sono legate» sbottò Bethany, dopo che le ebbi raccontato tutto. «Ma c'è lo stesso qualcosa che non quadra. Se il rapitore voleva impedirti di contestare l'arbitrato, perché mandare una richiesta di riscatto? Voglio dire, senza la rendita mensile di Gattavius non potresti permetterti la casa e saresti costretta a rinunciarci comunque. Giusto?»

Mi sentivo svenire e mi sfuggì un gemito: «Grazie per avermi ricordato qual è la posta in gioco.

Comunque sì, non posso permettermi la tenuta con il mio stipendio da assistente legale part-time. Non siamo mica a *House Hunters*.» Bethany, però, non sembrò cogliere la battuta.

«Fammi pensare» borbottò, senza concedermi neanche una risatina di compassione.

«Pensi di sapere chi è stato?» azzardai. Non essere ancora riuscita a capirlo mi stava uccidendo. Mi ero forse persa qualcosa di importante a causa del panico? Era possibile che lei, con la sua fredda logica e scaltrezza, avesse colto qualcosa che a me era sfuggito?

«Non ancora» rispose con un sospiro. «Ma conosco i Fulton più di te. Potrei riuscire a trovare i pezzi del puzzle mancanti, se ci rifletto su abbastanza a lungo.»

«Qualsiasi informazione sarebbe di grande aiuto» risposi educatamente. «Grazie, Bethany.»

«Di nulla. E comunque, ti devo un favore» disse, ridacchiando. Non avevo idea di cosa stesse parlando.

«Davvero? Perché?»

«Oh, non ha importanza» disse con un'altra risatina nervosa. «Ora ti devo lasciare. Ci sentiamo!»

Beh, era tutto molto strano. Ma su una cosa Bethany aveva ragione: la domanda di arbitrato e la richiesta di riscatto sembravano elementi contraddittori. La lettera avrebbe potuto perfino costituire una buona ragione per chiedere di rimandare il procedimento. Era possibile che il rapitore fosse stato così poco lungimirante?

Charles avrebbe sicuramente avuto qualche idea in merito.

Lanciai un'occhiata all'orologio digitale del cellulare. Era da poco passata mezzanotte e mezza. Sapendo che aveva l'abitudine di lavorare fino a tardi, decisi di provare a chiamarlo.

«Pronto?» rispose freddamente una voce femminile.

«Oh, ehm, Breanne?» tirai a indovinare. Mi si torcevano le budella a sentirla rispondere al cellulare di Charles a quell'ora.

«Chi altri potrei mai essere? E perché telefoni al mio fidanzato in piena notte, *eh?*» Beh, a quanto pareva lei era altrettanto infastidita dal fatto che chiamassi a quell'ora, quanto lo ero io nel sentire la sua voce. Ma, prima ancora di essere il suo ragazzo, Charles era mio amico, ed ero pronta a scommettere che ero io, fra le due, a conoscerlo meglio e a tenere di più a lui.

«Dammelo» sentii dire a Charles prima che, presumibilmente, riuscisse a sfilarle di mano il cellulare.

«Scusa» mormorai. «Non avevo intenzione di disturbare.»

Charles risucchiò l'aria fra i denti: «Non disturbi affatto. Breanne era solo passata un attimo per un saluto veloce, dato che domani non riusciremo a vederci.»

Sì, come no. Tutte scuse.

Pur essendo una ventottenne vergine, sapevo bene come funzionavano certe cose. Mi faceva venire da vomitare, ma capivo comunque.

«Charles!» sibilò Breanne all'altro capo della linea. «Non posso passare la notte ad aspettare te.»

«Devo andare» mi disse lui, con un tono che sembrava un po' triste.

«Ci sentiamo» bisbigliai dopo che aveva già riattaccato.

«Voi umani siete strani» mi informò Pringle, avvicinandosi fino a trovarsi al mio fianco.

«È vero» concordai. «Ma anche voi procioni avete le vostre stranezze.»

Lui rise e prese a strofinarsi il pelo con una zampa dopo il banchetto luculliano a base di cibo per gatti in scatola. «Siamo d'accordo.»

«Credi che lui stia bene?» chiesi, senza la necessità di specificare a chi mi riferissi.

«Stammi a sentire, baby. Non potrei mai vivere in

un mondo in cui non esistesse il mio adorato Octavius. Farai meglio a credere che lui stia bene, e che chiunque abbia fatto questo la pagherà, cara e salata!»

Allungai una mano per accarezzargli la pelliccia. Se chiudevo gli occhi, avevo quasi la sensazione che si trattasse del mio amico gatto. Solo che, anziché fare le fusa, emetteva un versetto acuto.

«Sai,» mi disse dopo un po', «pensavo che forse dovremmo iniziare a pensare alla festa di bentornato per Octavius. In questo modo saremo pronti quando finalmente arriverà il momento.»

«Mi sembra una buona idea. Perché non ci pensi tu e poi mi dici cosa ci serve?»

«Ne sarei onorato.» Pringle mi rivolse quel suo sorrisetto inquietante a trentasei zanne, poi saltellò fuori dalla gattaiola per iniziare i preparativi.

Mi strinsi al petto la richiesta di riscatto e pregai affinché Gattavius tornasse a casa sano e salvo. C'erano così tante persone – e animali – che lo amavano, sentivano la sua mancanza e avevano bisogno di lui...

13

Per il resto della nottata non riuscii a chiudere occhio. Rimasi in soggiorno con le luci spente, tenendo d'occhio il giardino nella speranza che il misterioso ricattatore si presentasse una seconda volta.

Dovevo essermi appisolata a un certo punto, perché la prima cosa di cui fui consapevole fu la nonna che mi metteva una tazza di caffè caldo tra le mani dicendomi: «Tirati su e raccontami tutto quello che mi sono persa.»

«Cosa? Oh...» Mi sforzai di rimettermi a sedere sul divano rigido, ma mi faceva male ovunque. Se il rapitore si era presentato di nuovo, di certo me l'ero lasciato sfuggire. Dannazione a me e al ritmo sonnoveglia!

«Qualcuno ha infilato questo sotto la porta» dissi alla nonna, porgendole il foglio dopo averlo recuperato dal pavimento di fianco ai miei piedi.

Lei fece schioccare la lingua e scosse il capo: «Beh, qui qualcuno sta giocando sporco, non è così?»

All'improvviso, mi sembrava di non farcela più. Avevo cercato con tutta me stessa di essere forte, e per cosa? Trattenere le lacrime non avrebbe riportato a casa Gattavius.

Così iniziai a piangere.

La nonna mi tolse di mano la tazza di caffè e la appoggiò sul tavolo.

«*Shh! Shh! Shh!*» disse piano, poi mi avvolse in un abbraccio per consolarmi.

«Credi che potrebbero davvero arrivare a tanto?» singhiozzai, lasciandomi sopraffare dall'ansia e dalla preoccupazione. «Che ucciderebbero Gattavius?»

La nonna mi accarezzava i capelli mentre parlava. Le sue parole avevano un tono dolce ma determinato: «In tutti gli anni che ho trascorso su questa Terra ho imparato una lezione molto importante e, purtroppo, è capitato più volte.»

Aspirò l'aria fra i denti e io mi districai dal suo abbraccio per riuscire a guardarla in faccia.

«La gente cattiva è disposta a fare di tutto, se

ritiene che ciò li aiuti a raggiungere i propri, meschini obiettivi» disse in tono saggio.

Non era la risposta che avrei voluto sentire.

La nonna si chinò verso di me e mi accarezzò una guancia con le dita rugose, asciugandomi una lacrima con la punta dell'indice: «Ma ho imparato anche un'altra cosa. La gente riesce a fare di tutto per salvarsi la pelle. E scommetto che vale anche per i gatti. Non dare per spacciato il nostro amico peloso. Lui è uno che sopravvive a tutto.»

«Sì, e gli restano ancora quattro vite. Almeno, secondo quello che mi ha detto» aggiunsi con una risatina amara, premendo il viso contro il suo maglione morbido, cosa che mi offriva un po' di conforto in quel momento difficile.

«Di certo è così» disse la nonna, stringendomi a sé con una forza tale che mi sorprese. Un giorno mi sarei impegnata per mettermi in forma quanto lo era lei. Ma non oggi. «Allora, qual è il piano? Che facciamo adesso?»

Durante la notte avevo avuto un bel po' di tempo per pensare al da farsi mentre percorrevo instancabilmente il soggiorno avanti e indietro. Infine, mi ero resa conto che, anche se le creature del bosco forse non sapevano cosa era successo a Gattavius, potevano costituire ugualmente la nostra possibilità migliore di ritrovarlo. Quasi certamente la persona che lo aveva rapito non era in grado di parlare con gli animali, quindi non sarebbe stata in guardia se avessi sguinzagliato il mio manipolo speciale di aiutanti pelosi.

«Conosco quello sguardo» disse la nonna con un sorrisone di sollievo. «Hai già pensato a tutto. Allora, racconta i dettagli alla tua nonnetta.»

«Non ho ancora pensato a tutto, ma ho un'idea che potrebbe funzionare» dissi, stiracchiandomi la schiena con torsioni da un lato e dall'altro nel tentativo di scacciare l'indolenzimento muscolare. «Andiamo. Vi spiegherò quando ci saremo tutti.»

Ci infilammo le scarpe e uscimmo di casa, dirette verso il bosco. La nonna non fece nessuna obiezione. Forse una parte di lei conosceva già la mia decisione.

Maple ci individuò non appena ci avvicinammo al limitare della macchia: «Ehi, c'è la tipa del burro d'arachidi!» strillò, dal basso ramo su cui si era inerpicata. «Ciao, tipa del burro d'arachidi!»

Mi morsi il labbro e spalancai gli occhi, poi scambiai un'occhiata con la nonna, in attesa che Maple si calmasse a sufficienza da riuscire a parlarci.

«Ciao, Maple» dissi, rivolgendole un cenno amichevole con la mano. «Comunque, mi chiamo Angie. Sai, in caso te ne fossi dimenticata. Hai visto Pringle stamattina?»

La scoiattolina arricciò il nasino, poi saltò su un altro ramo poco distante: «Pringle!» strillò. «La tipa del burro d'arachidi ha bisogno di te! Forse ne ha dell'altro da darci.»

Maple schizzò giù, lungo il robusto tronco dell'albero, e balzò a terra alla velocità del fulmine: «Hai dell'altro burro d'arachidi?» chiese, premendomi ripetutamente le zampette sulle scarpe, come se stesse tentando di rianimarmi i piedi.

«Forse sì» risposi con voce suadente. «Ma prima porta qui Pringle.»

«Ricevuto!» Maple si fiondò nel bosco, lasciando me e la nonna in attesa sul limitare.

«Che cosa ha detto quella graziosa bestiolina?» bisbigliò la nonna quando la scoiattola fu scomparsa alla vista.

Ridacchiai. Nonostante i suoi difetti, mi stavo già affezionando a Maple. Se fosse riuscita a portare a termine il piano e aiutarci a riportare a casa Gattavius, mi sarei accertata di rifornirla di burro d'arachidi a vita. «Vuole del burro d'arachidi» spiegai alla nonna, «e più o meno tutto ciò che dice fa riferimento a questo desiderio.»

La nonna sussultò, intenerita: «Oh, allora perché non gliene abbiamo portato un po'?»

Scossi il capo, mantenendo lo sguardo fisso sugli

alberi davanti a noi: «Credimi, ho già fatto questo errore una volta. Non appena lo vede, dimentica all'istante tutto il resto. Ho bisogno che resti concentrata per un tempo sufficiente ad aiutarci con il piano. Dopo potrà averne quanto ne vuole.»

Un attimo dopo Maple ricomparve e ci superò di corsa, diretta verso la tenuta: «Torno subito!» gridò, con uno squittio eccitato.

Restammo a osservarla mentre si avvicinava al portico di casa nostra, fermandovisi proprio di fronte. Una grossa palla di pelo grigia sgusciò fuori da sotto il basamento, sbattendo ripetutamente le palpebre quando venne investita dalla luce del sole.

«Non mi ero resa conto che vivesse così vicino a noi» disse la nonna mentre osservavamo la scaltra scoiattolina che faceva strada al procione, ancora disorientato, per condurlo da noi.

«Nemmeno io» mugugnai. Pringle doveva aver scavato un buco per infilarsi là sotto, e non ero contenta che avesse danneggiato la mia proprietà, già di per sé costosa da mantenere.

«Buongiorno a voi, Lady Angela» canticchiò il procione quando lui e Maple ci ebbero raggiunti. Quindi stavamo ancora giocando ai cavalieri medievali. Ok.

Anche se preferivo gialli e *true crime*, avevo letto

abbastanza libri fantasy da poter emulare quella parlata magniloquente.

«Auguro buona giornata a voi, Sir Pringle.» Presi fiato e gli feci una rapida riverenza. Oh, cielo. «Ci rivolgiamo a voi, oggi, per la più nobile fra le missioni.»

«Perché la tipa del burro d'arachidi parla in modo così buffo?» squittì Maple. Ma fu zittita all'istante dal procione, che stava ancora facendo del proprio meglio per restare nel personaggio.

«Già. Il nostro amato Octavius» confermò Pringle, annuendo.

«È giunto il tempo di ricondurlo a casa. Voi e il vostro scudiero sarete all'altezza di un compito sì importante?» Spostai lo sguardo su Maple. Per quanto si fosse mostrata volubile e inaffidabile, speravo che Pringle riuscisse a tenerla in riga. Avevamo bisogno di entrambi per portare a termine il piano che avevo ideato.

«Potrei scegliere personalmente uno scudiero?» chiese Pringle con un sorriso esitante. Non potevo biasimarlo. Il procione mostrava un intelletto quasi analogo a quello umano, mentre la scoiattola... beh... di sicuro era tenerissima!

«La buona Maple saprà servirvi al meglio» dissi con un brusco cenno del capo. Poi mi portai una mano alla bocca e sussurrai: «Inoltre, si dà il caso che io sappia che è disposta a tutto per il burro d'arachidi.»

Le orecchie della scoiattolina si rizzarono a quelle parole, ma per fortuna rimase in silenzio.

Pringle chinò il capo se fosse in segno di sconfitta o di umile accettazione, non saprei dirlo. Infine disse: «Allora rivelateci il vostro piano, sicché noi si possa metterlo in atto.»

Ok, era il momento del grande spettacolo.

Non mi restava che sperare che la mia strampalata idea si rivelasse sufficientemente efficace per riportare a casa Gattavius sano e salvo.

14

o e la nonna ci sedemmo a gambe incrociate sull'erba e i due animali si acquattarono fra noi.

«Ok, ecco cosa stavo pensando...» dissi, per poi lanciarmi in una prolissa spiegazione sul da farsi.

«Oh, ci servirà un GPS per animali» aggiunse la nonna. «Ho sentito dire, ehm, grandi cose su tali artefatti.» Mi sorrise come se l'avessi appena incoronata Miss Maine. Bizzarro.

«Certo, possiamo andare a comprarne uno nel pomeriggio» concessi. Era un buon suggerimento, ma anche un'idea che non mi sarei aspettata da una persona che aveva appena imparato a inviare e ricevere SMS. La nonna si stava facendo tecnologica!

«Già che ci siete, prendete anche del burro d'arachidi!» suggerì Maple, che finora non si era rivelata di grande aiuto.

«Prima i risultati, poi le ricompense» la rimproverò Pringle. Ci avevo visto giusto: quel procione avrebbe saputo tenerla in riga.

Allungai una mano per dargli il cinque e, grazie al lungo tempo trascorso a osservare e imparare le usanze umane, Pringle seppe bene come rispondere. Venerava Gattavius ma, a quanto pareva, ne sapeva ben più del suo idolo.

«Giusto» dissi, passando da un sorriso goffo a un'espressione decisa, con tanto di mascella rigida e occhi stretti. «Niente è più importante di riportare Gattavius a casa. *Niente.* Nemmeno il burro d'arachidi!»

Maple sussultò.

Pringle esultò.

La nonna sembrava confusa, ma ugualmente entusiasta: «Qual è il mio ruolo in tutto questo, tesoro?» mi chiese quando tornò il silenzio.

Quella era la parte più difficile. Tecnicamente non avevo alcun bisogno della nonna per portare a termine il piano, ma mi sarei ben guardata dal farla sentire esclusa.

«Tu supervisionerai il tutto e mi aiuterai a restare sveglia stanotte. Inoltre, ti occuperai di trovare gli abiti più adatti per tutti. Sì, questo è decisamente compito tuo.»

Pareva soddisfatta: «Preparerò la cioccolata e chiamerò i ragazzi.»

Argh, no! Di nuovo! Perché l'ossessione della nonna per le carenze della mia vita amorosa si era manifestata proprio ora, e non in un qualsiasi altro momento? In fondo, ero single da tutta la vita.

Scossi il capo con enfasi: «I ragazzi? *No!* Non abbiamo nessun bisogno di Cal e Charles per questo.»

La nonna mi diede una gomitata nelle costole: «Ma sono una piacevole distrazione, no?»

Alzai gli occhi al cielo, anziché degnare di una risposta i suoi ben poco tempestivi sforzi di trovarmi un fidanzato. «Avete capito tutti cosa dovete fare?»

«Sì» risposero la nonna e Pringle all'unisono. Sembravano entrambi pronti a entrare in azione.

Maple, dal canto suo, sollevò una zampina marrone: «Ehm, io l'ho dimenticato» squittì docilmente.

«Va tutto bene, piccoletta. Vieni con me e te lo spiego io.» Pringle si alzò in piedi su tutte e quattro le zampe e fece cenno alla scoiattola di seguirlo nella sua tana sotto il portico. Sembrava che, per il momento, avessimo finito di giocare ai cavalieri della tavola rotonda, ed ero grata per questo.

«Ho proprio voglia di un bell'appostamento» mi confidò la nonna mentre facevamo ritorno a casa. «Tu vai a comprare il GPS; io andrò al supermercato a prendere snack e bevande per la nostra piccola rimpatriata di stasera.»

Mi fermai e la fissai: «Hai davvero intenzione di invitare i ragazzi? Guarda che non è mica una festa. O non dovrebbe esserlo, per lo meno.»

La nonna tornò sui propri passi per venirmi vicino e mi abbracciò: «Lo so, tesoro, ma aiuta avere accanto dei buoni amici quando le cose si fanno difficili.»

Beh, su questo non potevo darle torto. «Ok» dissi, sperando di non trovarmi in eccessivo imbarazzo, quali che fossero le sue idee per la serata.

Ma era della nonna che stavamo parlando...

Era *ovvio* che mi sarei trovata in imbarazzo.

* * *

Il nostro appostamento-party iniziò alle dieci di sera. Pringle aveva rispiegato il piano a Maple almeno una ventina di volte, e avevano effettuato esercitazioni di prova con e senza il GPS per animali.

Charles e Cal arrivarono alle dieci in punto e parcheggiarono le auto dietro la tenuta, in modo che fossero ben nascoste alla vista. Il nostro piano era incentrato sull'idea che il rapitore si sarebbe ripresentato quella notte per lasciare un'altra lettera, e la casa doveva essere buia e silenziosa, in modo da sembrargli vuota. Così, la nostra festicciola si stava svolgendo al buio pesto, senza nemmeno una candela a rischiarare un po' la stanza.

Ci accertammo anche di tenere basse le voci, limitandoci a bisbigliare, ripetendo le frasi l'uno all'altro. Il tutto aveva un che di stranamente intimo. Indossavamo tutti quanti comode tute nere – fornite dalla nonna, ovviamente – e sorseggiavamo cioccolata calda dai thermos—un'altra idea della nonna.

«Siete sicuri che si rifarà vivo stanotte?» chiese Cal alla mia sinistra.

«Deve farlo, perché non ha detto ad Angie come contattarlo» rispose Charles alla mia destra.

Entrambi erano seduti abbastanza vicini a me perché percepissi il calore dei loro corpi che si mescolava con il mio. Non mi era sfuggito che si trattava dei due uomini più affascinanti che conoscevo—che avessi mai conosciuto, in realtà. Uno aveva cervello da vendere, mentre l'altro era tutto muscoli. Entrambi avevano un gran cuore; ma lì, al buio, senza il loro bell'aspetto a distrarmi, sapevo che era solo uno l'uomo che il mio cuore desiderava.

Ed era quello già impegnato.

Perché era così che andava sempre la mia vita. Dannazione.

«Sei nervosa?» mi bisbigliò Charles all'orecchio.

«Più eccitata che nervosa» risposi, chiedendomi se anche lui avesse percepito la lieve scossa elettrica fra noi.

Il telefono prese a vibrare nella sua tasca. Eravamo così vicini che lo sentivo vibrare anch'io. «È Breanne» disse lui, pigiando un tasto per inoltrare la chiamata alla segreteria telefonica.

Una piccola, meschina parte di me fece una capriola. Aveva scelto me, e non lei. Almeno in quell'occasione. Almeno per ora.

Verso le undici e mezzo un rumore proveniente dall'esterno attirò la nostra attenzione verso la finestra.

«Shhh» dissi a tutti. «Dobbiamo aspettare, evitare di farci vedere e fidarci che il piano funzioni.»

«Avanti col piano, impavidi verso la libertà!» strillò a bassa voce la nonna.

Il povero Cal non sapeva ancora che parlavo con gli animali. Era convinto che il piano includesse videocamere high-tech e una sofisticata trappola esplosiva. Non aveva la minima idea del fatto che, invece, i nostri strumenti fossero un procione che stava di guardia dalla sua tana sotto il portico e una scoiattola smemorata ma agilissima, dotata di GPS e pronta a gettarsi sull'auto del rapitore misterioso non appena il procione le avesse dato l'ok.

Pochi minuti dopo, Pringle si precipitò dentro attraverso la gattaiola per avvisarci che tutto procedeva come concordato.

«Vieni, Cal. Perché non mi dai una mano in cucina?» La nonna lo condusse via prima che riuscisse a scorgere l'animaletto appena entrato, che stringeva nella zampa una seconda richiesta di riscatto.

«Ottimo lavoro, Pringle!» Presi il foglio e lo accarezzai sulla testolina, poi io e Charles ci precipitammo fuori nella notte. Eravamo già d'accordo che sarebbe stato lui a guidare, mentre io gli avrei dato indicazioni seguendo con il GPS gli spostamenti di Maple, che era già sull'auto del rapitore, diretta chissà dove.

Per quanto fossi curiosa, non diedi nemmeno un'occhiata alla richiesta di riscatto. Invece, mi concentrai sul seguire con attenzione il puntino lampeggiante, sperando che ci avrebbe condotti da Gattavius, ponendo fine a quella terribile disavventura una volta per tutte.

Charles guidava con calma e io gli dicevo dove svoltare. Ormai eravamo poco lontani dal rapitore.

Presto ci saremmo trovati faccia a faccia e avrei potuto pretendere tutte le risposte alle numerose domande che mi affollavano la mente.

«Che strano» mormorò Charles mentre attraversavamo un sobborgo deserto. «Conosco qualcuno che abita qui.»

«Sì, beh, Glendale è una piccola città. La maggior parte della gente conoscerà qualcuno che vive da queste parti» dissi, fissando il cellulare in modo da non perdermi neanche un singolo lampeggiamento del puntino.

«Charles!» gridai un istante dopo, eccitata. «Si è fermato!»

C'eravamo quasi. Avremmo riportato a casa il mio amico a quattro zampe, e lo avremmo fatto subito.

«Dove?» chiese Charles, i tratti adombrati da qualcosa che non riuscivo a comprendere.

«A pochi isolati da qui. L'indirizzo è—»

«Yellow Cape Cod?» chiese, mentre svoltava in un vialetto e si accingeva a parcheggiare.

«Sì. Come fai a saperlo?» chiesi incredula. Era solo bravissimo a indovinare o—?

«È la casa di Breanne» mi rivelò con un basso verso gutturale.

Oh-oh.

15

altai giù dall'auto prima ancora che Charles avesse tempo di completare le manovre di parcheggio. Raggiunsi l'agente immobiliare dai capelli rossi sotto il portico e strattonai la tracolla della sua borsa finché non fu costretta a voltarsi e affrontarmi: «Dov'è il mio gatto, brutta...? Brutta... Brutta... *Breanne!*»

«Non mi toccare!» sbottò lei scattando all'indietro e strappando la borsa griffata dalla mia presa.

Oh, avrei voluto fare ben più che toccarla. Non ero tipo da prendere a schiaffi la gente, ma sarei stata felicissima di gettare la sua appariscente e costosa borsa nel fango. Mi trattenni solo per l'urgenza di trovare il mio gatto. Era lì dentro? Era stato a casa di Breanne per tutto quel tempo? Quante domande.

«Lui dov'è?» sbraitai, traendo grande soddisfazione nel vedere quanto fosse intimorita la mia nemesi in quel momento. Se avessi continuato a insistere, sarebbe crollata con facilità. «Ridammelo subito e nessuno si farà male!»

Lei fece un passo indietro, premendo la schiena contro la porta: «Di che stai parlando?» sbottò, guardandomi come se fossi impazzita, anche se tutta quella situazione era colpa sua, non di certo mia.

Feci un passo avanti, venendo a trovarmi faccia a faccia con lei, così vicina da percepire il suo profumo, dolce fino alla nausea. Che schifo! «Non fare la finta tonta! So che sei stata tu a consegnare quelle richieste di riscatto. Ti abbiamo seguita fin qui da casa mia. Vero, Charles?» mi voltai verso il mio amico, che era rimasto in piedi accanto all'auto, apparentemente incapace di parlare.

«Fammi entrare!» gridai. «Fammi entrare subito!»

Ma Breanne non mosse un muscolo, le braccia incrociate sul petto: «No. Vattene!»

Per fortuna Charles, finalmente, si riscosse dall'abbattimento in cui era sprofondato: marciò dritto verso di noi, ci aggirò e aprì la porta di scatto.

«Come hai potuto?» chiese alla sua orribile fidanzata buona a nulla; ma io non rimasi ad ascoltare la risposta.

Una volta entrata, iniziai a chiamare il mio gatto a pieni polmoni. Ma non riuscii a trovarlo, neanche dopo aver setacciato l'intera casa. «Gattavius! Gattavius! Sei qui? Vieni fuori! Va tutto bene!»

Non ricevendo risposta, mi rivolsi di nuovo a Breanne: «Dov'è? Perché lo hai rapito? Come hai potuto farlo?»

«Non ho preso io il tuo stupido gatto e non ti devo niente!» rispose lei, sbuffando e distogliendo lo sguardo, quasi come se si sentisse un po' in colpa. Sì, come no. Non me la sarei bevuta di certo.

«Io invece credo che tu mi debba delle risposte» intervenne Charles. «Davvero hai rapito il gatto di Angie e le hai mandato lettere minatorie? Perché mai lo avresti fatto?»

«Dovete darvi una calmata tutti e due!» borbottò lei a denti stretti. «»Non ho preso il gatto. Ok?»

«Mi dispiace, ma non me la bevo. Sei stata tu a recapitare quelle lettere. Ti abbiamo colta sul fatto» esplosi.

Breanne strinse gli occhi, lo sguardo che passava oltre Charles per concentrare su di me tutto il suo astio e la sua ostilità: «Va bene, lo ammetto. Le ho recapitate. Ma non sono stata io a scriverle.»

«E chi è stato? Smettila di farmi perdere tempo e dimmi tutto quello che sai» pretesi. Perché non me lo aveva ancora detto? Nessuna delle due gradiva trascorrere del tempo insieme, e la questione era seria.

Breanne scosse il capo: «Non lo so.» Fece un passo indietro quando Charles indietreggiò per portarsi al mio fianco. Ora eravamo uniti contro di lei, e la cosa sembrava sconvolgerla. A quanto pareva, si era aspettata che lui prendesse le sue parti.

«Come fai a non saperlo?» Non riuscivo a vedere il volto di Charles mentre parlava, ma la sua delusione era palese. «Perché mai hai accettato di prendere parte a tutto questo? Senza poi nemmeno avere tutte le risposte.» Si schiarì la gola prima di continuare: «Ti ritenevo più intelligente di così, Breanne. E più buona d'animo, anche.»

«Io no» sbottai.

Non ero mai piaciuta a Breanne, e lei non era mai piaciuta a me. Non mi sorprendeva affatto che volesse ferirmi, ma mi spaventava l'idea che fosse coinvolta in una faccenda così terribile. Lei non aveva nessun legame con la tenuta di Ethel Fulton, quindi perché era stata coinvolta?

«Non è niente di così drammatico» piagnucolò la rossa. «Davvero, datevi una calmata. Sai bene che gli affari vanno male, da quando mio fratello è stato accusato di omicidio. Così, quando un cliente anonimo si è rivolto a me e mi ha prospettato una grossa commissione in futuro e una generosa somma in contanti subito, perché avrei dovuto rifiutare? In fondo non ho fatto del male a nessuno. Stavamo solo cercando di scacciarti da quella assurda casa.»

«Hai minacciato di uccidere il mio gatto!» Ribollivo di rabbia ora che avevo qualcuno con cui prendermela, ma ancora non avevo la minima idea di dove potesse essere il mio amico a quattro zampe.

«No, niente affatto. Non ho scritto io le lettere. E poi dai, chi mai ucciderebbe un gatto? Mi sembra davvero eccessivo.» Sembrava perdere energia a ogni frase, ma non avrebbe mai ammesso di aver fatto qualcosa di sbagliato.

«Però l'estorsione va bene» tuonò Charles, fissandola a occhi stretti. «Davvero, Bree. Pensavo di conoscerti.»

«Tu mi conosci, ed è per questo che pensavo avresti capito» lo supplicò lei. «Sai quanto è stata dura per me negli ultimi tempi.»

«Ma ne stai venendo fuori» ribatté lui. «E puoi riuscirci lavorando onestamente, non ricattando e minacciando la gente.» Nonostante la rabbia, trovai buffo che rimproverasse la sua fidanzata per avermi ricattata, quando lui aveva fatto lo stesso per costringermi ad aiutarlo con un caso difficile.

Certo, in realtà lui non mi avrebbe mai torto un capello. Breanne, invece...

«No» insistette lei. «Ci sto provando, ma senza riuscirci. E sai perché? Tutti pensano che mio fratello sia un mostro, anche se è stato assolto, ed è tutta colpa di quella lì!» Puntò un dito tremante verso di me. Se lo sguardo potesse uccidere...

Charles mi appoggiò una mano sulla spalla: «Lei mi ha aiutato a farlo assolvere. Comodo dimenticare questo piccolo dettaglio, eh?»

Breanne si strinse nelle spalle: «Beh, e sua madre, la giornalista? È stata lei a convincere tutta Blueberry Bay della colpevolezza di Brock; e anche dopo che la sua innocenza è stata dimostrata, la gente ha faticato a cambiare idea. Oh, e non credere che non mi sia accorta che stai cercando di fregarmi il ragazzo proprio da sotto il naso» terminò, rivolgendosi a me.

«Caspita, ma che problema hai?» strillò Charles. «Io e Angie siamo solo amici. E comunque non ha importanza, perché io e te abbiamo chiuso.»

«Charles, amore, non fare così» lo scongiurò la rossa, avvicinandoglisi con le mani alzate in un gesto di supplica.

Lui si allontanò e si diresse verso la porta: «Ti

aspetto in macchina» mi disse prima di scomparire all'esterno.

«Davvero non sai chi ha scritto quelle lettere?» chiesi in tono gentile. Per quanto la odiassi, Breanne era appena stata scaricata e sembrava piuttosto scossa. Inoltre, urlarle contro non mi avrebbe fatto ottenere le risposte di cui avevo bisogno, mentre forse un po' di gentilezza avrebbe portato dei risultati.

«Non lo so davvero» disse, tirando su col naso. «Ora per favore... Vai... Vai via.»

La osservai per qualche istante prima di girare sui tacchi e raggiungere Charles. Lo trovai al volante, la testa china, le lacrime che scendevano a bagnargli le guance. «Stai bene?»

Si raddrizzò e si schiarì la gola: «Avrei dovuto conoscerla meglio. Sono stato un tale idiota.»

«Mi dispiace» dissi, perché sembrava la cosa giusta da dire in quella situazione. «Vuoi parlarne?»

«Sinceramente» disse lui «voglio solo dimenticare tutto al più presto. Non riesco a credere di aver sprecato mesi della mia vita con lei.»

Ero combattuta: da una parte avrei voluto dimostrarmi una buona amica e stargli vicino, dall'altra volevo solo urlare 'Te l'avevo detto' a pieni polmoni. Avevo sempre saputo che Breanne era disonesta e inaffidabile, ma non avrei mai sospettato che fosse scorretta fino a quel punto e che potesse arrivare a tanto per rovinarmi la vita.

«Mi dispiace moltissimo che ti abbia fatto questo» disse lui, lo sguardo fisso sulla strada davanti a sé. «Già prima volevo trovare Gattavius, ma ora mi sembra che sia un mio dovere, che in parte la sua scomparsa sia colpa mia. So che è a causa mia che lei ti detesta tanto, e ora sta a me sistemare le cose.»

«Charles, niente di tutto questo è colpa tua.»

«Ma mi sento comunque responsabile.»

Gli appoggiai una mano sul braccio in un gesto conciliatorio: «Accetto il tuo aiuto, ma non mi devi nulla. Grazie per essere un vero amico.»

Tornammo a casa mia nel più assoluto silenzio. Charles diceva sul serio quando aveva detto a Breanne che eravamo solo amici? O anche lui aveva una cotta segreta per me da mesi?

Scacciai quelle domande dalla mente, già sufficientemente oberata di pensieri. C'era una sola domanda che contava davvero in quel momento, e necessitava di tutta la nostra attenzione...

Dov'era Gattavius?

16

Di ritorno a casa, trovammo la nonna e Cal che ci aspettavano con tutte le luci del primo piano accese.

Cal balzò in piedi quando entrammo: «L'avete trovato?»

«No» dissi, accettando la tazza di cioccolata appena fatta che la nonna mi porgeva, chiaramente divertita dal suo ruolo di padrona di casa all'appostamento-party.

«Avete trovato la persona che ha mandato le lettere?» chiese lei a occhi sgranati.

«Sì.» Mi morsi il labbro: non volevo essere io a dare la notizia al gemello di Breanne, soprattutto considerando che lei aveva sfruttato la cattiva reputazione ingiustamente guadagnata da Cal come scusa per farsi coinvolgere in attività illegali.

«Si tratta di Breanne» rispose Charles in mia vece. Il suo tono di voce non ammetteva repliche. Non l'avevo mai visto così furioso da quando lo conoscevo.

«Vuoi dire la tua ragazza?» La nonna spostò lo sguardo dall'uno all'altro, aggrottando le sopracciglia. «E tua sorella?»

«La mia *ex* ragazza» puntualizzò Charles con un sospiro.

La nonna non cercò nemmeno di nascondere la gioia che provò a quella notizia. Arrivò perfino a circondarmi con un braccio e stringermi a sé: «Bene. Non era la donna giusta per te.»

Mi venne quasi un colpo quando mi fece l'occhiolino, convinta di essere abbastanza furtiva da non farsi notare.

Charles la beccò in pieno ma, se non altro, la cosa lo fece sorridere.

Cal sembrava il più sconvolto: «Perché mai avrebbe fatto una cosa del genere?» Si lasciò cadere sul divano, passandosi entrambe le mani fra i capelli. «Oh, aspettate. A causa mia, vero?»

«Non è colpa tua essere stato incastrato per omicidio» puntualizzai in tono gentile.

«Io però mi sento in colpa lo stesso.»

«Anche Charles si sente colpevole» dissi. «Ma credimi, non è colpa di nessuno, se non di Breanne.»

«Ok» gridò la nonna, richiamando l'attenzione generale. «Basta autocommiserarsi. Abbiamo del lavoro da fare.»

«E cosa? Con Breanne siamo giunti a un punto morto. Ha detto che non sa chi l'ha pagata per recapitare le lettere.» Charles camminava su e giù per il soggiorno, come un leone in gabbia pronto al balzo.

«Vado a parlare con lei.» Cal si alzò in piedi e si diresse alla porta. «Chiamatemi, se avete bisogno di me.»

La porta si richiuse rumorosamente alle sue spalle, e tutti ci concedemmo un sospiro di sollievo.

«Charles, guardami.» La nonna si posizionò proprio di fronte a lui e si sollevò sulle punte dei piedi, nel tentativo di avvicinare il viso al suo.

Lui smise di fare avanti e indietro, il nervosismo represso ben visibile dalle vene pulsanti in evidenza sul collo e sulle braccia, Quella storia lo stava uccidendo.

«So che ora ti senti giù, ma tu e quella donna non eravate comunque fatti l'uno per l'altra» disse la nonna con fermezza. «Quindi ora smettila di rimuginare e riattiva quel cervello astuto che ti ritrovi. Ci servirà, se vogliamo riportare a casa sano e salvo il nostro micetto.»

«Anche se non siamo arrivati a nulla con Breanne» gli dissi, in tono decisamente più gentile di quello della nonna, «non significa che siamo in un vicolo cieco. Abbiamo ancora l'elenco dei beneficiari del testamento di Ethel, e tu ti sei recato solo da quelli che abitano in città, giusto?»

Lui annuì, ma non disse nulla. Per un istante mi chiesi se si stesse trattenendo dal piangere o dal mettersi a urlare. Forse entrambe le cose.

Gli presi la mano e gli diedi una stretta rassicurante: «Io dico che è il momento di fare un viaggetto. Se qualcuno ha pagato Breanne per consegnare quelle lettere, è molto probabile che non viva sufficientemente vicino da farlo di persona.»

«Io resterò qui al quartier generale con gli animali, nel caso dovesse capitare qualcosa» si offrì la nonna.

«Charles?» chiesi. «So che stai passando un brutto momento, ma ho davvero bisogno di avere un amico al mio fianco. Sei con me?»

Lui abbassò lo sguardo al pavimento e annuì, come se un terribile peso gli gravasse sulle spalle: «Sì» gemette.

Mi avvicinai e lo abbracciai forte: «Grazie» mormorai. «Ma prima di andare, dobbiamo fare una breve sosta in un supermercato aperto di notte, e poi tornare un attimo da Breanne.»

Mi fissò con un'espressione disgustata. Nonostante detestassi quella situazione, sembrava che, finalmente, la pensassimo allo stesso modo sull'agente immobiliare dai capelli rossi. Purtroppo non avevamo scelta: dovevamo per forza tornare da lei ancora una volta, quella notte.

«Temo di aver dimenticato là Maple» ammisi, stringendomi nelle spalle con noncuranza, anche se mi sentivo terribilmente in colpa per essermi persa un uomo *pardon,* uno scoiattolo durante la missione. «Suppongo che sia meglio armarci di scuse e burro d'arachidi, per questo dobbiamo passare al supermercato. Dai, andiamo.»

Poiché l'appostamento-party era iniziato alle dieci di sera, sia io che Charles non chiudevamo occhi da parecchio. Ciò nonostante, dubitavo che saremmo riusciti a prendere sonno, se anche ci avessimo provato—non con tutte le preoccupazioni che gravavano nelle nostre menti.

Invece, prendemmo dal frigo di casa mia una confezione di lattine di espresso freddo – quello che, secondo la nonna, sapeva di gesso – e partimmo per la nostra nuova missione.

«Da chi dovremo recarci prima?» mi chiese Charles quando lasciammo casa di Breanne per immetterci sulla strada principale che attraversava la piccola città di Glendale.

«Da Anne, la nipote di Ethel» dissi senza esitazioni, indicando il suo nome sul foglio stampato che Charles mi aveva dato. «Aveva un'aria decisamente inquietante l'ultima volta che l'ho vista.»

«Inquietante come potrebbe esserlo una che rapisce gatti?» chiese Charles con un sorrisetto sghembo. Sistemò meglio le mani sul volante e si appoggiò allo schienale del sedile. Ora che avevamo recuperato Maple da casa di Breanne e ci eravamo messi alle spalle quella prima, infelice parte della nottata, sembrava di nuovo rilassato come di consueto.

«Inquietante come una che era nel mio elenco di sospettati per omicidio.» Poi gli raccontai dei miei vari incontri, uno più spaventoso dell'altro, con quella donna.

«Decisamente inquietante» concordò Charles. «Davvero si è intrufolata di nascosto a casa di Ethel?»

«Sì, ma dato che lo avevo fatto anch'io, ho deciso di fargliela passare liscia.» Iniziai a giocherellare distrattamente con una pellicina. Anche se io e Charles eravamo tornati alle nostre chiacchierate spensierate e a punzecchiarci, qualcosa di importante era cambiato. Ora mi interrogavo sul significato di ogni sguardo, contatto e parola, chiedendomi se potesse indicare che lui provava qualcosa nei miei confronti.

Mi diedi un pizzicotto sul polso per costringermi a concentrarmi sulla ricerca di Gattavius anziché sullo scoprire se Charles provasse dei sentimenti per me o meno.

Per fortuna lui doveva concentrarsi sulla guida, così non si accorse di tutte le cose strane che combinavo sul sedile del passeggero. «Ma hai detto che c'era andata per cercare oggetti antichi o di valore da tenersi, giusto?»

«Sì, e se io e Gattavius non fossimo arrivati a fermarla, quasi sicuramente si sarebbe portata via tutto.»

«Disse l'altra che aveva appena commesso un'effrazione.» Charles soppresse una risatina infantile e io diedi un colpo scherzoso sul cruscotto.

«Eddai! Io lo stavo facendo a fin di bene.»

Charles scoppiò nuovamente a ridere.

«Te la lascio passare perché è stata una lunga nottata e abbiamo appena iniziato» gli dissi in tono magnanimo. «Comunque sì, l'istinto mi dice che è stata Anne. Nessun altro mi ha colpita particolarmente, se devo essere sincera.»

«Beh, allora suppongo che andremo a Boston. Se non altro, eviteremo l'ora di punta del mattino.»

Scrutammo entrambi l'oscurità che si stendeva davanti a noi, mentre digitavo l'indirizzo di Anne nel GPS sul cellulare. «Sono quasi quattro ore di viaggio» gemetti.

«Poteva andare peggio» rispose Charles stringendosi nelle spalle. «Ethel ha parenti da qui all'Oregon. Quello sì che è lontano.»

«Che cosa facciamo se non è stata Anne?» Riflettevo ad alta voce. «Cosa potremmo fare a quel punto?»

Lui mi prese una mano fra le sue: «Non è a questo che dobbiamo pensare. Dobbiamo concentrarci per cercare Gattavius e riportarlo a casa. I dettagli sul come non sono importanti. E se il tuo istinto dice che è stata Anne allora anch'io credo che sia così.» Si portò la mia mano alle labbra e mi diede un rapido bacio sulle nocche prima di lasciarla andare.

Nonostante quel piccolo gesto di gentilezza avesse fatto fare le capriole al mio cuore e i salti mortali al mio stomaco, la sensazione delle sue labbra sulla pelle fu più efficace di qualsiasi ansiolitico. Charles credeva in ciò che stavamo facendo. Credeva che potessimo farcela.

E ora ci credevo anch'io.

17

Non sarei riuscita a dormire neanche se avessi voluto. Da un lato ero emozionata per l'aspettativa di ritrovare finalmente il mio amico felino, dall'altro per quei momenti intimi trascorsi con Charles.

Era da un pezzo che speravo che rompesse con Breanne, e finalmente l'aveva fatto. Si sarebbe accorto che eravamo noi due a essere fatti l'uno per l'altra? Per mesi avevo cercato di mettere da parte i miei sentimenti per lui, ma non ci ero mai riuscita.

Aveva difeso Cal dall'accusa di doppio omicidio con tutto se stesso. Aveva accettato il fatto che fossi capace di parlare con gli animali senza mai farmi sentire strana per questo. Aveva adottato gli Sphynx, traumatizzati e rimasti orfani dopo che avevano ucciso, senza volerlo, la loro proprietaria. Ed era sempre presente quando ne avevo bisogno, sempre buono e gentile.

«A cosa stai pensando?» mi chiese.

Sbadigliai per prendere tempo: «Sono solo un po' assonnata.»

«Farai meglio a restare sveglia» mi prese in giro. «Tra un po' sarà il tuo turno di guidare.»

«Accosta. Diamoci il cambio subito.» La guida sarebbe stata un'utile distrazione da tutti i pensieri che sgomitavano per accaparrarsi la mia attenzione.

Charles mi lanciò un'occhiata, poi tornò a osservare la strada: «Sicura?»

«Sono sveglia, giuro. Ma se può farti stare più tranquillo, mi scolo un altro di questi.» Presi una delle piccole lattine marroni e blu di caffè freddo e la scossi per bene.

«Ok, ma poi basta così.» Alzò il volume della musica e scartò alcune canzoni, per poi optare per uno dei miei pezzi preferiti di hair metal anni Ottanta.

«È solo una leggenda, sai» dissi, dondolando la testa a tempo con quel beat heavy metal che mi riscaldava l'anima.

Charles smise di cantare e mi lanciò una rapida occhiata: «Cosa?»

Mi strinsi nelle spalle: «Che troppa caffeina o ti ferma il cuore o lo fa scoppiare.» Al momento il mio cuore batteva selvaggiamente, come un animale imprigionato contro le sbarre della gabbia, e nessuna quantità di caffè avrebbe potuto cambiare quella situazione.

Era tutto merito di Charles, il ragazzo dei miei sogni. Che il cielo mi aiuti.

Quando la canzone terminò, Charles finse di fare l'assolo finale con una chitarra immaginaria, poi accostò affinché potessimo scambiarci di posto.

«Sei triste?» gli chiesi, quando una melodia lenta si diffuse dagli altoparlanti e lui tornò a seguirne le note sulla chitarra invisibile. «Per Breanne?»

«Più che altro arrabbiato.» Scorse di nuovo la playlist e questa volta scelse un pezzo duro, ansiogeno e di certo non appartenente alla mia epoca musicale preferita.

«Credi che la perdonerai? Che tornerete insieme?» strillai per sovrastare quella musica spaccatimpani che faceva venire il mal di testa.

Lui capì l'antifona e abbassò il volume. Mantenne lo sguardo fisso sul mio profilo mentre chiedeva: «Pensi che dovremmo?»

Percepii il calore salirmi alle guance e sperai che non si notasse. «No» risposi in tutta sincerità.

«Già. Nemmeno io» disse lui, incrociando le braccia e appoggiando il viso contro il vetro freddo del finestrino con un sospiro. «In ogni caso, non eravamo davvero fatti l'uno per l'altra. Non lo siamo mai stati.»

«Allora perché siete rimasti insieme così a lungo?»

Ok, stavo ficcanasando, ma avevo anche bisogno di sapere come stavano le cose, e Charles sembrava desideroso di confidarsi. Inoltre, avevamo parecchio tempo da ammazzare prima di raggiungere casa di Anne a Boston.

«Bella domanda» rispose lui dopo una breve pausa.

Gli lanciai un'occhiata e vidi che aveva gli occhi chiusi e un lieve sorriso gli aleggiava sul volto. «Non devi rispondere se non ti va» dissi, sperando con tutta me stessa che, invece, lo facesse.

Lui sospirò e cambiò posizione sul sedile, la fronte corrugata in un'espressione addolorata: «Probabilmente mi sentivo solo, dopo essermi trasferito così lontano da casa per iniziare una nuova vita a Blueberry Bay. Era un tentativo di mettere radici qui.»

«Come con i gatti e l'acquisto della casa» suggerii.

Sai, ci sono altri modi di costruirsi una vita. Senza nessun bisogno di Breanne Calhoun.

«Sì, e il lavoro. Non avrei mai pensato di diventare socio senior così in fretta, o che lo studio cambiasse gestione così tante volte in poco tempo. Mi ha tenuto impegnato. Forse troppo, per prestare attenzione a come andavano le cose tra me e Breanne.»

Beh, quella era una nuova, interessante prospettiva: «Che vuoi dire?»

«Suppongo che fosse più semplice continuare a frequentarla, mantenere lo status quo, capisci?»

«No» risposi con sincerità. «No, davvero.»

Lui trasse un profondo respiro e mi fissò per un istante a occhi semichiusi prima di riabbassare nuovamente le palpebre: «Mi piaceva passare il tempo con lei. So che ti detestava, ma con me era gentile. Era divertente stare con lei, e questo era l'aspetto cruciale. Mi divertivo. Era piacevole. Bello. Non qualcosa che desideravo ardentemente. Non ho mai contato le ore che mancavano a vederla. Non ho mai lasciato che mi distraesse dal lavoro o da ciò che succedeva nella mia vita. Riempiva un vuoto, ma non lo colmava, suppongo.»

«Disse l'uomo innamorato» balbettai quando percepii che l'atmosfera si stava facendo troppo seria.

Charles fece una risatina, ma proseguì: «Forse

sono stato ingiusto con lei, lasciando che le cose si trascinassero così a lungo. Mi sentirei in colpa, se non fossi così furioso per quello che ti ha fatto.»

«Non preoccuparti per me» dissi. «Andrà tutto bene.»

«Lo so. Sei la persona più forte che conosco» disse con dolcezza, mentre il rossore mi saliva nuovamente alle guance.

Era forse il momento giusto per confessargli i miei sentimenti?

Sembrava avermi appena fornito l'aggancio perfetto, ed era la prima volta, nel nostro rapporto, in cui avrei avuto la possibilità di svelargli ciò che provavo senza rischiare di distrarci da un caso a cui stavamo lavorando o dovermi preoccupare di una fidanzata arrabbiata. Eravamo entrambi liberi di esplorare quel che si era creato tra noi fin da quando ci eravamo conosciuti.

Era un momento favorevole come non mai. Dovevo essere coraggiosa. Eravamo al dunque...

«Charles...» mormorai, lanciandogli un'occhiata. C'erano così tante cose da dire.

Ma evidentemente non era ancora il momento giusto, poiché Charles si era addormentato.

* * *

Non me l'ero mai cavata molto bene a guidare nelle grandi città, ma fortunatamente giungemmo a Boston ancor prima dell'alba, quando il sole non aveva nemmeno iniziato a fare capolino. Svegliai Charles non appena il GPS mi avvisò che mancavano cinque minuti all'arrivo a destinazione.

«Perché mi hai lasciato dormire così a lungo?» esclamò lui con un gemito.

«Mi sembrava che ne avessi bisogno» dissi con un sorriso. Ero stata così vicina a rivelargli tutto, tutti i miei desideri segreti. Grazie al cielo si era appisolato, salvandomi salvando entrambi dai miei intenti. Ora dovevo concentrarmi su Gattavius. Entrambi dovevamo farlo.

Charles si raddrizzò sul sedile e si diede qualche schiaffetto sulle guance per svegliarsi del tutto: «Allora, qual è il piano?»

Per fortuna avevo avuto un sacco di tempo per riflettere mentre guidavo, con solo l'eclettica playlist di Charles a farmi compagnia in quel lungo viaggio solitario. «Penso che dovresti andare tu da lei, inventandoti qualcosa sulla proprietà e l'arbitrato. Sommergila di paroloni legali, così non ti farà domande.»

Lui annuì, strofinandosi gli occhi assonnati: «Ok. E poi?»

«Fatti invitare a entrare, poi chiedi di andare alla toilette e vedi se riesci a trovare Gattavius.»

«È un buon piano, ma...» Sospirò e allungò le gambe davanti a sé, poi si voltò a guardarmi. «Non credi che sia un po' sospetto che un avvocato ti si presenti a casa prima ancora delle sei del mattino?»

«Già, probabilmente sì» ammisi. A quanto pareva avevamo avuto troppa fretta e ora saremmo stati costretti ad attendere. Era una cosa che detestavo.

Charles non sembrava affatto infastidito da quell'inconveniente. Mi sorrise e chiese: «Cosa ne dici se prima andiamo a fare colazione, poi torniamo qui a un'ora più ragionevole, in modo che la nostra copertura regga?»

«Suppongo di sì» concordai.

Il suo sorriso si fece più ampio, e mi indicò la grande insegna luminosa di un piccolo locale poco più giù lungo la strada: «Allora andiamo! Facciamo il pieno di uova e pancetta. È la mia colazione preferita.»

Annuii e svoltai nel parcheggio; avrei voluto aver pianificato il tutto un po' meglio, ma ero contenta di aver fatto almeno qualche progresso.

Charles mi tenne aperta la porta, un piccolo gesto che però mi riempì di piacere. «Prima le signore» disse.

Arrossii.

Io e la mia stupida cotta!

18

La colazione fu lenta e piacevole, ma anche costellata di ansie taciute da parte mia. Alle sette e mezzo circa, Charles tese la carta di credito alla cameriera e mi chiese se ero pronta a tornare a casa di Anne.

Oh, lo ero eccome!

«Grazie per la colazione» mormorai timidamente. «Ne avevo proprio bisogno.»

Lui mi passò un braccio sulle spalle mentre ci accingevamo a uscire dal locale semivuoto: «Non servono i ringraziamenti tra amici.»

Amici, giusto.

«Come credi che reagirà Gattavius quando lo troveremo?» chiesi, cercando ancora una volta di concentrarmi su quello che ci apprestavamo a fare.

Charles sorrise e sgranò gli occhi: «Scommetto che sarà un gattino molto felice e grato. Prevedo leccatine e richieste di grattini.»

Mi sfuggì una risata sommessa mentre mi teneva aperta la porta: «Accetto la scommessa, perché sono certa che, invece, pretenderà un lauto pasto, poi si lamenterà perché ci abbiamo messo così tanto a trovarlo.»

«Oh, suvvia» disse Charles, iniziando a ridere a sua volta. «È ovvio che ti sarà grato. Perché dovrebbe lamentarsi dopo tutto quello che abbiamo passato e fatto per lui?»

«Prima accetta la scommessa» insistetti, evitando di guardarlo negli occhi mentre attraversavamo il parcheggio. «Venti verdoni?»

«Ci sto.» Charles scivolò dietro il volante e io mi accomodai sul sedile del passeggero. «Ora spiegati, Russo.»

«Diciamo che sono l'unica che capisce davvero quello che dice e, beh... quando riferisco le sue parole a te e alla nonna... potrei aver omesso il suo pessimo atteggiamento e certe frasette.» Non riuscivo a smettere di ridere. Mi mancavano Gattavius e il suo modo di fare costantemente pomposo, anche per le inezie.

«Aspetta!» Charles spostò indietro il sedile e mi

fissò in volto: «Vuoi dire che finora ha sempre detto cattiverie su di me e io non ne so niente?»

Risi di nuovo. Era una sensazione così bella. Quasi come se Gattavius fosse lì con noi: «Non chissà quali cose, però... ti chiama Chuck il Ciuco!»

«Che razza di gattaccio moccioso!» strillò Charles. «Prima lo riportiamo a casa sano e salvo, poi vedrò di trovargli un soprannome altrettanto orribile.»

«Mi sembra giusto» dissi fra le risa.

Oh, non vedevo l'ora di assistere a quella scena!

Circa cinque minuti dopo avevamo raggiunto la villetta di Anne. Era ancora presto, ma alcuni ragazzini del posto gironzolavano già nei pressi della fermata dell'autobus.

«Ti aspetto qui. Vai avanti tu.» Diedi una spintarella a Charles, poi rimasi a osservarlo mentre si dirigeva a passo sicuro verso la porta della casa di Anne, con la ventiquattrore in mano. Nonostante un'ombra di barba e le vistose occhiaie, aveva tutto l'aspetto di un avvocato in visita per una questione di lavoro.

Speravo solo che Anne se la bevesse.

Charles suonò il campanello e attese.

Non accadde nulla, così suonò una seconda volta.

Forse il campanello è rotto gli scrissi via messaggio. Era meglio che non glielo gridassi dal finestrino, nel caso in cui Anne si ricordasse di me e tanto le bastasse per decidere di non farsi vedere. *Prova a bussare.*

Charles bussò più volte, ma nessuno venne ad aprire. Se Anne era in casa, era evidente che non intendeva farsi vedere.

Scesi dall'auto e raggiunsi Charles sotto al porticato: «Apri quella porta, Anne Fulton!» gridai contro il legno massiccio. «Sappiamo che sei lì dentro!»

«Ehm, chiedo scusa» ci disse una voce femminile proveniente dall'abitazione a fianco. «Cercate Anne?»

Sembrava che non fossi l'unica con capacità investigative eccezionali. Io e Charles scendemmo i pochi gradini e raggiungemmo la donna nel punto in cui il suo giardino si congiungeva a quello di Anne.

«Sì» rispose lui con un cenno del capo. «Siamo dello studio legale che si occupa delle proprietà della sua defunta zia e abbiamo questioni molto importanti di cui discutere.»

La donna si accigliò e scosse il capo: «Mi dispiace molto, ma non c'è. In effetti è via da qualche giorno. Ha preso una settimana di ferie. Io le tengo da parte la posta e le annaffio i fiori. Volete che le riferisca qualcosa?»

«Grazie, ma non è necessario» dissi, sforzandomi di sorridere. Non era colpa della vicina se Anne era irreperibile. Però, in effetti, era colpa sua se non potevamo fare irruzione e perquisire la proprietà.

«Ricorda quando è partita?» chiese Charles, con l'astuzia che lo contraddistingueva.

«Martedì mattina presto.»

«Ottimo, grazie mille. Ci è stata di grande aiuto» rispose lui, annuendo amichevolmente.

Lo seguii mentre tornava all'auto. Nessuno dei due parlò finché la donna non ci rivolse un ultimo cenno di saluto per poi rientrare in casa.

«Le tempistiche combaciano perfettamente» disse Charles, le mani che tremavano per l'eccitazione. «Anne è partita da Boston abbastanza presto da avere il tempo di rapire Gattavius. Per quel che ne sappiamo, potrebbe essere con lei da allora.»

«Credi che sia da qualche parte a Blueberry Bay?»

«Chiama tua nonna. Saprà cosa fare. Possiamo discutere del resto durante il viaggio di ritorno.»

Ovviamente la nonna rispose al primo squillo e si lanciò all'istante in un piano d'attacco non appena l'ebbi informata su ciò che era accaduto a Boston: «Se quella miserabile è qui da qualche parte, la troverò! Ho il costume perfetto per questo ruolo.»

«Quale ruolo?» domandai.

«Come quale? Quello della vecchia zia beninten-zionata ma smemorata, ovviamente. Nessuno sospetta mai delle vecchiette, lo sai. In qualsiasi hotel mi diranno il numero della sua camera in un batter d'occhi e, quando la troverò, io—»

«Tu aspetterai me e Charles» la interruppi. «Promettimi che ci aspetterai.»

«Va bene. La troverò e sorveglierò il posto fino all'arrivo del team B.»

«Quindi ora siamo il team B?» chiesi con una risatina.

«Non possiamo essere tutti il team A, tesoro. Ora di' a quell'uomo di premere sull'acceleratore, così potremo irrompere nel covo della cattiva e riprenderci ciò che ci appartiene.»

Quando riattaccai, mi voltai verso Charles con un sorrisone e chiesi: «Quanto sei disposto a correre?»

Lui pigiò forte sull'acceleratore e partimmo.

* * *

Ero fiduciosa che avremmo ritrovato Gattavius prima di sera, ma avevo ancora molte domande. Innanzi tutto, se Anne era nei paraggi, perché avrebbe dovuto pagare Breanne, affinché consegnasse a mano le richieste di riscatto? E poi, perché darsi tanta pena, dal momento che l'arbitrato in merito alla tenuta di Ethel era previsto per l'indomani?

Nemmeno Charles aveva delle risposte, quindi l'unica cosa che potevamo fare era sperare in una confessione quando avessimo beccato Anne con le mani nel sacco – o meglio, con il gatto nel sacco – quella mattina, o quel pomeriggio, in base a quanto traffico avremmo incontrato sulla via del ritorno.

Ci trovavamo ancora a un paio d'ore da Glendale quando la nonna mi telefonò. Misi il vivavoce in modo che anche Charles potesse ascoltare.

«L'aquila è nel nido!» gridò la nonna nel telefono. «Ripeto: l'aquila è nel nido!»

«Significa che hai trovato Anne?» chiesi, la speranza che rinasceva in me e si librava alta, come un palloncino che fluttua verso il cielo.

La nonna fece una risatina: «Certo che l'abbiamo trovata. Siamo il team A, dopotutto.»

Emisi un profondo sospiro di sollievo. Eravamo a un passo dal riportare a casa Gattavius. Ma qualcosa nelle sue parole non mi quadrava, così dissi: «Magnifico, ma ho due domande. Dove siete e chi altri include questo 'noi' di cui parli?»

«Mmm, solo un secondo, tesoro.» Udii il fruscio dei pantaloni della tuta della nonna, e un attimo dopo lei riprese a parlare: «Scusa, volevo un po' di privacy per questo argomento. Sono con Cal e sua sorella.»

«Sei con Breanne?» ringhiai, percependo imme-diatamente i muscoli irrigidirsi. «Perché?»

«Calmati. So che la detestiamo, ma è stata lei a scoprire dove ha preso alloggio Anne e a condurci qui.»

Charles mi lanciò un'occhiata colma di preoccu-pazione e io mimai una pistola con le dita, puntando-mela alla testa con un ghigno.

«Sei pronta a prendere nota dell'indirizzo?» chiese la nonna. A quanto pareva, per il momento l'argomento Breanne era chiuso, e anche l'argomento Anne.

Ero d'accordo. Basta chiacchiere: era ora di entrare in azione.

Mi annotai l'indirizzo e feci promettere alla nonna di inviarmelo anche tramite SMS. Anne allog-giava in un motel nella vicina cittadina di Cooper Cove. Ci saremmo arrivati in meno di due ore.

«Hai preparato quei venti verdoni?» chiesi a Charles. Presto avrei vinto la nostra piccola scom-messa e, cosa più importante, finalmente avrei potuto riavere il mio gatto e capire perché era stato rapito.

Il momento era giunto. Tutte le domande stavano per trovare risposta.

Anne non aveva la minima possibilità di passarla liscia.

Ero una mamma gatta furiosa e stavo andando a stanarla.

19

o e Charles giungemmo a tempo di record allo
squallido motel a Cooper Cove. Quando arri-
vammo, trovammo la nonna che ci aspettava nel
parcheggio insieme ai gemelli Calhoun. La nonna e
Cal sedevano l'uno accanto all'altra sulla coupé sportiva di lei, mentre Breanne aveva parcheggiato
qualche posto più in là ed era intenta a consultare un
enorme faldone di documenti sul sedile del guidatore
del suo SUV di lusso.

Non appena io e Charles aprimmo le portiere,
tutti e tre scesero di corsa dalle rispettive auto e si
affrettarono a raggiungerci.

Cal mi abbracciò forte: «Bentornata» disse con un
sorriso affascinante.

Breanne cercò di abbracciare Charles, ma lui non ne volle sapere.

«Diamoci da fare!» strillò la nonna con fare battagliero, guidandoci su per la scalinata esterna, verso la camera ventisei.

Tutti la seguimmo come anatroccoli obbedienti.

Trovammo la stanza, la terza sulla destra, subito dopo aver superato la stretta scalinata. Charles si fece strada in testa al gruppo e bussò vigorosamente alla porta: «Apra subito!» gridò, la voce assai più profonda del solito, forse per conferirle un tono intimidatorio. Come se fosse quello il modo di convincerla ad aprire la porta di sua volontà.

«Siete sicuri che Anne sia lì dentro?» chiesi. Un frustrante senso di *déjà vu* si impossessò di me. E se fosse andata di nuovo come a Boston?

«Anne? No» ammise la nonna. La sua espressione determinata non dava segno di vacillare. «Il rapitore? Sì.»

«Come...» iniziai. Ma la voce mi tremava tanto quanto le mani.

Cal si affrettò a spiegare la situazione a me e a Charles, ancora totalmente confusi: «Aspettate un secondo. Ecco cos'è successo. Innanzitutto, Breanne si sentiva davvero in colpa per il ruolo che ha svolto in questa faccenda, così ha accettato di aiutarci.»

«È la verità. Mi sentivo... *mi sento* in colpa.» La rossa appoggiò una mano sul braccio di Charles, ma questi si scostò subito.

«Preferirei che fosse tuo fratello a parlare, grazie tante» borbottò lui, rifiutandosi anche solo di guardare in faccia la sua ex.

Cal attese che io gli facessi cenno di proseguire, poi riprese il racconto: «Beh, ehm, Breanne ha inviato un'email alla persona che le ha chiesto di consegnare le lettere. È l'unico mezzo che ha per contattarla. In pratica, beh, ha detto che il piano aveva funzionato e che avevi accettato di rinunciare alla casa, Angie.» Il poveretto sembrava terribilmente nervoso. Era ovvio che non gli piaceva dover fare da intermediario in quella lite tra innamorati, e non potevo certo biasimarlo.

Cal esitò di nuovo e, a quel punto, Breanne prese la parola: «Ho detto al rapitore che avevo i documenti preliminari e che dovevamo vederci di persona per procedere con la fase successiva del piano. Circa un'ora dopo, ho ricevuto questo indirizzo e il numero della camera.»

«Siete già entrati?» chiesi, lanciando un'occhiata alla porta chiusa.

«No, vi stavamo aspettando» disse la nonna. «Non

ci saremmo mai sognati di risolvere il caso prima del vostro arrivo.»

«Sì, purtroppo è da un bel pezzo che siamo qui» sbottò Breanne, palesando tutta la sua ostilità, ora che Charles aveva dimostrato chiaramente di non voler avere più niente a che fare con lei. «Quindi ora potremmo farla finita? Ho altro da fare oggi, sapete.»

«Tipo consegnare altre richieste di riscatto?» disse la nonna, ridendo della propria battuta.

Non sarà stata la più matura delle reazioni, ma non potei fare a meno di darle un cinque per quella frecciatina.

Breanne ci lanciò un'occhiataccia, ricordandomi quanto fosse seria la situazione.

«Non risponde» mormorai, fissando la sciatta porta della camera e desiderando di poterci vedere attraverso. «Perché non risponde?»

La nonna si schiarì la gola e alzò un dito con fare pratico: «Pulizie!» gridò in tono allegro, bussando gioiosamente alla porta.

La camera ventisei rimase chiusa, ma la porta della stanza di fianco si aprì appena e la testa di un uomo di mezza età fece capolino: «Pulizie?» chiese con espressione confusa.

«Gli addetti sono appena entrati in un'altra stanza. Sembra che a lei serva un po' di tempo per rendersi presentabile» disse la nonna, facendogli maliziosamente l'occhiolino.

«Aspetti» gridai, mentre la porta si richiudeva.

L'uomo la riaprì di qualche centimetro e mi fissò, incuriosito.

«Per caso ha visto la donna che soggiorna in questa camera? Avevamo stabilito di vederci oggi, ma non risponde.»

Lui scosse il capo: «Sono spiacente, ma non l'ho vista. Sono arrivato solo ieri sera.»

Click. La porta si richiuse.

«Oh, questa storia è ridicola!» si lamentò Breanne. «Vieni con me» disse a Cal, prendendolo per un braccio e trascinandolo con sé. «Andiamo a chiedere alla reception. Voi potete aspettarci qui.»

Io, Charles e la nonna attendemmo in silenzio. Che altro c'era da dire? Gattavius poteva essere in quella camera, ma era possibile anche il contrario. Era come il gatto di Schrödinger, ma senza la scatola e, auspicabilmente, senza il gatto morto.

Per fortuna, i gemelli fecero ritorno nel giro di cinque minuti.

«La persona che aveva preso la stanza ha lasciato il motel» mi spiegò Cal scuotendo tristemente il capo. «Ci eravamo così vicini. Mi dispiace tanto, Angie.»

La nonna gli diede dei colpetti affettuosi sul bicipite: «Va tutto bene, caro. Vi hanno dato un nome?»

«No» disse Breanne, che ribolliva di rabbia. «Per qualche ridicola regola sulla privacy o roba simile.»

Lacrime di rabbia mi bruciavano gli occhi e la gola: «E adesso cosa facciamo?» gridai alla porta chiusa.

Charles e la nonna mi abbracciarono da entrambi i lati, cosa che spinse Breanne ad andarsene ticchettando sui tacchi assurdamente alti: «È stato un piacere» disse, salutando con la mano mentre si allontanava. «Fatemi sapere come procede. O anche no. Come vi pare.»

«Che tipa sgradevole. Comunque non mi è mai piaciuta» ci informò una voce calma e sprezzante che proveniva dal basso.

«Non adesso, Gattavius» borbottai. «Ora dobbiamo capire cosa fare.»

Aspettate... Era... *Oh!*

Mi riscossi e corsi lungo il ballatoio, affacciandomi al mancorrente delle scale così velocemente da rischiare di cadere di sotto.

«Attenta!» gridò Charles, avvolgendomi le braccia intorno alla vita e prendendomi giusto in tempo.

Ma non importava che l'uomo di cui ero innamorata mi tenesse stretta o che avessi rischiato di cadere al piano di sotto. L'unica cosa che mi stava a cuore era la sagoma sfocata a righe nere e marroni seduta nel piccolo cortile, che mi fissava irritata.

«Sai...» disse lentamente Gattavius, come faceva ogni volta che voleva che capissi bene. «Sono qui da tre giorni. Tre interi giorni costretto a bere l'acqua del rubinetto e a buttar giù cibo per gatti del supermercato. *Tre lunghi giorni* senza iPad e gattaiola. Sul serio, Angela, come mai ci hai impiegato così tanto?»

Ingoiai un singhiozzo e diedi una gomitata a Charles: «Mi devi venti verdoni!» gli dissi, allungando la mano aperta.

«Hai intenzione di riportarmi a casa ora?» chiese Gattavius in tono pretenzioso. «Non ho intenzione di appoggiare di nuovo nemmeno una zampa su quel pavimento lercio, e per questa settimana ne ho avuto abbastanza delle avventure, grazie tante.»

Mi asciugai il naso con il braccio e corsi giù per le scale. Quando raggiunsi Gattavius, lo presi in braccio e me lo strinsi al petto.

«Che schifo!» protestò lui. «Avevo appena finito la toeletta di metà mattina e ora tu hai mandato a monte tutto il mio lavoro riempiendomi dei tuoi orridi germi. Mollami, umana sudicia. Mettimi subito giù!»

Lo riappoggiai sull'erba e iniziai a ridere come

una pazza. Non mi importava niente di quello che pensavano gli altri. Quello era il giorno più bello della mia vita. Gattavius era di nuovo con me e stava bene —a prescindere da cosa ne pensasse lui. Tuttavia mi domandavo...

Fissai i suoi scintillanti occhi ambrati e chiesi: «Perché sei qui da solo? Che fine ha fatto la persona che ti ha rapito?»

Il tigrato balzò su una panchina lì vicino e scosse una zampa con espressione drammatica. Qualunque cosa stesse per dire, ero certa che sarebbe stata divertente e che ne avrebbe esagerato a dismisura l'importanza. Ah! Era così bello riaverlo con me!

Gattavius sorrise mentre si lanciava nell'epico racconto: «Beh, se n'è andata in tutta fretta un paio d'ore fa. Ha cercato di portarmi con sé, ma io ho sfoderato queste belle bimbe e—»

Zac! I suoi artigli baluginarono in tutto il loro minaccioso splendore.

«Diciamo solo che ho vinto io.» Rise, sfoggiando la risata da cattivo che tanto gli piaceva.

«Hai parlato al femminile. Sai chi è la persona che ti ha rapito? Era una donna?»

Si strinse nelle piccole, adorabili spalle gattose: «Sono certo di aver già visto quell'umano. Sono quasi sicuro che sia un parente di Ethel, e sono sicuro almeno al sessanta percento che sia una femmina.»

Lo accarezzai fra le orecchie: «Ottimo lavoro.» Il tigrato faticava ancora a distinguere gli uomini dalle donne, però faceva progressi, lenti ma inesorabili. E ora era di nuovo con me, pronto a riprendere il posto che gli spettava.

«Ehm, Angie?» disse Charles, avvicinandosi, con la nonna e Cal al fianco. «Siamo ancora in tempo per presenziare all'udienza per l'arbitrato, se vuoi—»

«Andiamo subito» dissi.

Ora che il mio migliore amico era di nuovo al mio fianco, non avrei permesso a nessuno di fargli di nuovo del male, per nessuna ragione al mondo. Eravamo di nuovo insieme e lo saremo rimasti per sempre.

20

«Obiezione!» gridò la nonna quando tutti e cinque facemmo irruzione nel tribunale di contea appena venti minuti dopo.

L'impiegata più vicina ci fece cenno di avvicinarci alla sua postazione, dietro uno spesso strato di plexiglass: «Buongiorno. A cosa facciamo obiezione oggi?»

Charles si parò davanti alla nonna: «Sì, buongiorno a lei. Siamo qui per l'udienza di arbitrato in merito alla proprietà di Ethel Fulton.»

La donna annuì, scuotendo i capelli freschi di permanente, e continuò a rivolgerci un luminoso sorriso: «Oh, è venuta parecchia gente per quello. Sala 2-B. Siete arrivati giusto in tempo. Buona fortuna!»

Prima che riuscissimo a fermarla, la nonna si precipitò lungo il corridoio e spalancò la porta della Sala 2-B: «Obiezioneee!» gridò.

Le corremmo tutti dietro, facendo il nostro ingresso un istante più tardi.

«Longfellow!» disse l'uomo che presiedeva la seduta, fissando Charles con un'occhiata severa. «Dica alla sua cliente di darsi una controllata. Subito.»

Prendemmo tutti posto in fondo alla sala, facendo attenzione a non incrociare lo sguardo di nessuno degli eredi. Mi guardai intorno rapidamente e notai che Anne non c'era.

Dannazione! Volevo disperatamente dimostrare che era stata lei e farle capire bene fin dove ero disposta a spingermi per proteggere il mio gatto da ogni sua possibile macchinazione futura.

«Torniamo a noi» disse l'arbitro. «Ci sono state varie difficoltà con le ultime volontà di Ethel Fulton, in particolare riguardo a un certo Octavius Fulton. È qui presente oggi?»

«Sì, vostro onore.» Mi alzai in piedi con il mio amico peloso stretto fra le braccia, incerta su quale fosse l'appellativo corretto per rivolgermi all'arbitro, dal momento che si trattava di una situazione del tutto nuova per me.

«Fatemi indovinare. Octavius è il gatto. Non è così?» domandò l'uomo con espressione annoiata.

«Sì, ma Ethel lo amava come un figlio» spiegò Charles «e voleva accertarsi che ci si prendesse cura di lui, consentendogli di mantenere lo stile di vita a cui era abituato.»

«Capisco.» L'arbitro scorse la copia del testamento che aveva di fronte a sé e si scrocchiò il collo da entrambi i lati. Qualche minuto dopo rialzò gli occhi sui presenti con un sorrisetto tirato: «Ci sono dei precedenti. Ethel avrebbe potuto lasciare in eredità al suo gatto l'intero stato del Maine, per quanto mi riguarda. Non sta alla corte mettere in discussione questo fatto. Allora perché siamo qui?»

«Per la casa» ansimò una voce stridula proveniente da vicino alla porta.

Tutti si voltarono e io rischiai di vomitare quando vidi chi c'era lì in piedi.

Anne Fulton era sciatta come la ricordavo. Portava i capelli grigi tagliati corti e su un braccio aveva un bendaggio appena fatto, ma su cui erano ben evidenti abbondanti tracce di sangue.

«Quella è opera tua?» bisbigliai a Gattavius.

«Puoi scommetterci!» rispose lui orgoglioso, stringendo gli occhi mentre fissava Anne soffiando forte.

«La casa non è specificamente menzionata nel testamento» disse l'arbitro.

«Forse no» ribatté Anne, attenta a mantenere la massima distanza possibile da noi mentre si avvicinava all'arbitro. «Ma, in qualche modo, il gatto è riuscito a ereditare anche quella.»

«In realtà, la casa è mia» dissi.

«E mia» aggiunse la nonna.

«Le mie clienti hanno regolarmente acquistato la casa sul libero mercato. In questo senso, il loro legame con l'immobile, in precedenza proprietà di Ethel Fulton, è irrilevante» aggiunse Charles. *Mio eroe.*

«Concordo» disse l'arbitro. «Qualcos'altro da contestare?»

Nessuno disse nulla, ma la nonna sfoggiava un sorrisone a trentasei denti. Gattavius le era saltato in grembo e lei lo accarezzava con tocco lento e delicato, proprio come piaceva a lui.

«I termini del testamento resteranno invariati» disse l'arbitro. Mi aspettavo che desse un colpo con il martelletto, ma non lo fece. Oh, pazienza.

Restammo seduti finché tutti i Fulton non ebbero lasciato l'aula. Mi dispiaceva che il mio vecchio capo, Richard, che ora viveva in Florida, non fosse riuscito a presenziare, ma ero felice che finalmente fosse tutto finito.

Ormai era rimasta solo Anne.

«So che sei stata tu» sibilai.

Gattavius mi sostenne mettendosi a soffiare.

«Perché hai rapito il mio gatto?» insistetti, stringendo i bordi della sedia per resistere alla tentazione di saltarle addosso e darle la lezione che meritava.

Anne non sembrava minimamente dispiaciuta: «Quel gatto era di mia zia. Sarebbe dovuto restare con la famiglia dopo la sua dipartita.»

«Lui o il suo fondo fiduciario?» ribatté la nonna. «Perché, a giudicare da quelle ferite, il nostro caro Octavius non vuole avere niente a che fare con gentaglia come lei.»

«Non potete dimostrare nulla» sbottò Anne. «E non potete neanche fare nulla. Ho preso il gatto per qualche giorno, e allora? Non ho mica ammazzato nessuno.»

«Sta camminando su un campo minato» la avvertì la nonna, mentre Gattavius saltava a terra e si metteva a correre verso la cattiva della situazione.

«Mi riprenderò quella casa» borbottò Anne. Poi si afferrò il braccio ferito e schizzò fuori dalla porta, proprio nel momento in cui Gattavius si preparava a sferrare un nuovo attacco.

Io e la nonna ci scambiammo una rapida occhiata, poi lei prese Cal a braccetto e disse: «Vieni con me, giovanotto affascinante. Voglio ringraziare quella signora così gentile che ci ha dato una mano quando siamo arrivati.»

Uscirono dalla stessa porta attraverso la quale si era dileguata Anne poco prima. Ora eravamo rimasti solo io, Charles e Gattavius nella sala dell'arbitrato.

Sospirai e appoggiai il capo sulla spalla di Charles.

«Sono felice che tu lo abbia ritrovato» disse lui.

«Anch'io.»

«Possiamo andare a casa ora?» gemette Gattavius, in attesa che qualcuno gli aprisse la porta. «Muoio dalla voglia di un po' di Evian.»

«Tra poco» dissi, con un tono di voce brusco per zittirlo.

Charles scosse il capo: «Davvero si sta lamentando di nuovo?»

«Eccome» risposi con una risatina, rimettendomi seduta diritta.

Charles si girò sulla sedia in modo da trovarci faccia a faccia: «Bene, ora che lo abbiamo trovato, c'è qualcosa che volevo dirti da un po'.»

Inghiottii il nodo che mi si era formato in gola; sentivo il sangue scorrere rapido nelle vene. Aveva qualcosa da dirmi.

Significava che...?

Stava finalmente per...?

Saremmo...?

Mi appoggiò le mani su entrambe le spalle, cercando di reprimere un ampio sorriso: «Ora, non prenderla nel modo sbagliato, ma...»

«Sì?» chiesi, abbassando le ciglia per fargli capire che ero pronta per un bacio. Dannazione, ero pronta a sposarlo all'istante, eravamo già perfino in tribunale. *Sì, sì, sì!*

«Angie» disse lui con dolcezza. Poi si fermò, in attesa che riaprissi gli occhi: «Sei licenziata.»

Il cuore mi sprofondò fino a terra. Avrebbe dovuto baciarmi, non licenziarmi!

Charles premette la fronte contro la mia, e il suo respiro caldo mi sfiorò il naso e le guance: «Ti ho detto di non prenderla nel modo sbagliato. Ti sto facendo un favore. In effetti, lo sto facendo a entrambi.»

«In che senso?» mormorai, desiderando di aver trovato qualcosa di più intelligente da dire in quel momento.

«So che sono settimane che vuoi licenziarti. Mesi, forse. Cosa ti trattiene?»

«Non volevo deluderti» ammisi.

Mi sistemò un ricciolo biondo scuro vagante

dietro l'orecchio: «Non potresti mai deludermi, ma non voglio nemmeno che rinunci ai tuoi sogni per me.»

Era così dannatamente vicino che faticavo a concentrarmi. Non ero ancora certa di cosa stesse accadendo, e se avrei dovuto esserne felice o meno.

«Sei un'ottima investigatrice ed è giunto il momento che ti metta in proprio. Ma non lo puoi fare finché passi mezza giornata da *Longfellow & Associates*, quindi... sei licenziata.»

«Grazie?» dissi, immaginando che fosse la risposta appropriata. Potevano esserci dei precedenti per quanto riguardava il testamento di Ethel, ma quello che stava accadendo tra me e Charles in quel momento era una totale novità.

Lui rise piano: «Non mi ringraziare. Lo sto facendo anche per ragioni egoistiche.»

«Eh?» chiesi con un flebile sospiro. Mi sentivo ancora stranita per quanto eravamo vicini. Volevo ancora quel bacio.

«Sì, perché quando ero il tuo capo non potevo fare questo.»

Trassi un respiro profondo, ma prima che potessi espirare, le labbra di Charles furono sulle mie. Oh santo cielo, ci stavamo baciando!

Ed era esattamente come avevo sempre sognato.

«Gli umani sono disgustosi» protestò Gattavius, dandomi una zampata sul braccio. Per fortuna fu molto più delicato di quanto non fosse stato con Anne.

Charles rise mentre si staccava da me: «Fammi indovinare. Non ha apprezzato.»

«Già» ammisi. «Ma non perché è geloso, bensì perché lo ritiene disgustoso.»

Charles alzò gli occhi al cielo, e notai che, in quel momento, scintillavano: «Come ti pare, gatto. So che mi chiami Chuck il Ciuco!»

«Ragazzi, ragazzi» dissi, con un sorriso così radioso da avere gli angoli della bocca indolenziti. «Dovrete trovare il modo di andare d'accordo.»

Mi alzai in piedi, e Charles intrecciò immediatamente le dita alle mie, lasciando Gattavius a seguirci sulle sue zampe.

«Non riesco a credere che tu abbia deciso scientemente di concentrarti su queste inutili romanticherie, quando dovresti pensare solo a procurarmi dell'Evian il più in fretta possibile» brontolò il tigrato, com'era prevedibile. Lo sollevai con il braccio libero e lo tenni stretto mentre uscivamo dal palazzo di giustizia: «Quando arriveremo a casa, c'è qualcuno di molto speciale che voglio farti conoscere.»

«Uffa, perché? Sono così stanco» piagnucolò.

«È il presidente del tuo fan club» gli rivelai, immaginandomi la folle gioia di Pringle quando avesse finalmente incontrato il suo idolo.

«Posso essere il presidente del *tuo* fan club?» mi chiese Charles dandomi una strizzatina alla mano.

Finsi di rifletterci su per qualche istante: «In effetti, non ho bisogno di un fan club. Però puoi essere il mio ragazzo. Sempre se tu—»

Charles si fermò, mi attirò a sé e mi baciò di nuovo.

Lo presi come un sì.

Il prossimo libro della serie è ora disponibile.

Scarica la tua copia di *Chihuahua e complotti* e comincia subito a leggere!

MOLLY E I SUOI LIBRI

CHI È MOLLY FITZ

Tecnicamente, la scrittrice e autrice di best-seller Molly Fitz non è in grado di parlare con gli animali. Questo però non le impedisce di avere conversazioni serie e molto animate con i suoi tre assistenti-scrittori felini.

Molly vive in una sperduta regione selvaggia dell'Alaska insieme a suo bambinə e lo zoo di famiglia. Di tanto in tanto, Molly si arrischia a uscire di casa, se c'è in vista un buon pranzetto o aroma di caffè... o, magari, per incontrare nuovi amici animali.

Scopri di più su Molly e sui suoi libri, e non dimenticarti di iscriverti alla newsletter su **www.rac-contimiciosi.com.**

* * *

UN DETECTIVE CON LE VIBRISSE

Angie Russo si è messa in società con il primo gatto parlante investigatore di Blueberry Bay, Gattavius, che, insieme alla sua banda un po' sgangherata di aiutanti animali e umani, risolverà ogni mistero... a patto che questo non interferisca con le sue abitudini. Comincia con il primo libro della serie, ***Il segreto del gatto***.

LE AVVENTURE MAGICHE DI MERLINO

Gracy Springs non è una maga... ma il suo gatto, sì! Adesso, però, Gracy deve mantenere il segreto, altrimenti rischia di passare il resto della vita in una prigione magica. Grossi guai sembrano attenderli a ogni passo. Comincia con il primo libro della serie, ***Merlino sceglie un famiglio***.

... E TANTE ALTRE NOVITÀ IN ARRIVO!

* * *

CONNETTITI CON MOLLY

Se sei alla ricerca di una community di lettori strava-ganti, che amano gli animali tanto quanto i libri, allora non c'è dubbio: saremo amici!

Segui **la mia pagina Facebook**: www.facebook.com/raccontimiciosi

Iscriviti alla mia **newsletter** e riceverai un pacchetto gratuito in formato digitale, tutte le ultime novità e aggiornamenti e, nelle occasioni speciali, omaggi pensati apposta per gli appassionati: www.raccontimiciosi.com/iscriviti

NOTE

CAPITOLO 9

1. In italiano nel testo originale.